TOKYOジャンク

ひちわゆか

幻冬舎ルチル文庫

CONTENTS ✦目次✦

TOKYOジャンク

✦カバーデザイン＝吉野知栄（CoCo.Design）
✦ブックデザイン＝まるか工房

イラスト・如月弘鷹✦

TOKYOジャンク

1

勾配《こうばい》のきついアスファルトの坂に、陽炎《かげろう》がゆらめき立っていた。

麻の半袖《はんそで》シャツの下が、汗で湿っている。脱いだところで、下に着たタンクトップの背中も汗だくだ。ときどきウエストへ伝い落ちてくる汗が気色悪い。

「あっちぃー……」

柾《まさき》は、目の下の玉のような汗を指で拭《ぬぐ》った。

七月、まだ梅雨《つゆ》明け宣言も出ていないというのに、真夏並みのこの暑さ。

仰ぎ見たビルの照り返しが目に痛い。

人々は、すでに夏の装い。どこの学校でも期末考査が終わった直後で、浮かれ気分の学生たちが街に溢《あふ》れ出している。

(日曜の渋谷なんか、人の来るところじゃないよな)

正面からぶつかってくる人の波をヒョイヒョイよけて歩きながら、悪態をつきつつ、きつい坂道を急ぐ。

背は高くない。けれども長い脚、ムダなく薄い筋肉のついた肩。しなやかな豹《ひょう》のよう……というには少々野趣味に欠けるものの、山猫じみた、まだ男と呼ぶには完成されていないほ

っそりとした肢体《したい》。

長めの前髪がサラサラと目にかかるのを、ほっそりと尖《とが》った顎《あご》を振って、無造作にはねのける。十人とすれ違えば十人とも振り返るだろう、目を引く容貌《ようぼう》だ。

まだ幼なさの残る頬《ほお》、引き締まった口もと。切れ込みの深いきつい二重は、その軽やかな身のこなしと似て、やはりどこか山猫じみている。

岡本柾《おかもと》。十七歳。私立東斗《とうと》学園高等部二年。まだ少年ぽさが強い肢体にも貌《かお》にも、もう二、三年も育ったならば、獣じみた色香が匂《にお》い始めるだろう。

けれどいまはまだその一歩手前。時折ふっと漂う色香に、嗅覚《きゅうかく》の鋭い者だけが強く惹《ひ》きつけられる……そんな不安定さが、彼の魅力をさらに強いものにしている。

「んーと……。このポストの先曲がって、二つめの角を左、っと……」

手書きの地図を確認して、また坂を歩き出す。約束の時間まであと十五分。バイトの面接、十分前の到着は常識だ。道玄坂の途中で右に折れて、入り組んだ路地を急ぐ。


「よー、オカ。バイト見つかったか？」

数日前。

屋上のコンクリートに寝転がっていると、顔の上にのせていたアルバイト情報誌を誰かがひょいと持ち上げた。

放課後、こんな所に来る奴は他に一人しかいない。夕暮れの逆光に目を細めながら見上げると、クラスメイトの佐倉悠一《さくらゆういち》が立っていた。

「全然だよ……電話かけまくったけど収穫ゼロ」

「これは？　葬儀屋、日給三千円」

「高校生お断わりだって」

「ファミレスのキッチン」

「もう埋まっちゃってた」

「神楽坂の交通量調査。座ってるだけで日給一万」

「楽で時給いいけど、三日だけの単発じゃたかが知れてるし」

岡本柾は先日、大切なアルバイト先をひとつ失ったばかりだ。理由は倒産。社長はバイト料を未払いのまま、夜逃げしてしまった。

傾きかけた太陽が、まだ青い空に、オレンジ色のフレアをたなびかせている。隊列を作ったスズメの群れが、東へ向かって飛んでいくのを見上げながら、柾は大きな溜息《ためいき》をついた。

「あーもー、サイアク。やっと期末終わって、夏休みはガンガン稼ぐつもりだったのに。あ、携帯サンキュ。助かった」

電話代の百円硬貨と一緒に携帯電話を返す。

「おまえも携帯持てば？　貴之《たかゆき》さんが最新の買ってくれるだろ」

「んー……」

携帯電話を持っているのは、クラスでもまだ数人だ。悠一は一人暮らしで、掛け持ちのアルバイトをしているのでいち早く手に入れたらしい。あればきっと便利だと思うけれど、特に不自由もしていないので、柾はまだ持っていない。ポケベルもない。

「それよか、悠一んとこってバイト募集してないの？」

「本屋のほうはこないだ一人入った。バーのほうはフロアスタッフ募集してるけど、深夜までだぜ。週末だけっていっても」

悠一は六本木にあるレストラン＆バーで、週末の夜だけバーテンダーをしている。もちろん年をごまかしてだ。知り合いのオーナーに頼み込んでの詐欺バイターだから、そのぶん時給は少し低い。

一八〇センチのすらっとした長身に理知的な顔立ちは高校生離れしていて、悠一目当ての女性客がずいぶん増えたらしい。

「そこ、悠一の紹介だったら使ってもらえるかな」

「紹介以前の問題。鏡見ろよ。おまえの顔じゃ一発で高校生ってバレちまう」

「うー……」

「だいたい、深夜のバイトなんて、あの貴之さんが許可すると思うか？」

悠一が出した名前に、柾はドキリとした。

「悠一のとこで勉強する……じゃ無理かなあ」

「無理無理。賭《か》けてもいいね」

だよな……。溜息をつきつつ、起き上がる。

倒産したアルバイト先の他にも、柾は自宅近くのレンタルビデオ店で週三日働いている。店は二十四時間営業だが、高校生は午後十時までのシフトにしか入れてもらえないため、平日働けるのはせいぜい一日四、五時間がいいところ。時給七百四十円×四時間×月に十二日、せいぜい四万円稼げるか稼げないかだ。

この夏休み中はシフトを増やしてがっつり稼ぐつもりだったのに、この時期にきてバイト先をひとつ失《な》くしたのは大きな痛手だ。まだ目標の半分にも達してないのに。

「レンタル屋のほうは大学生のシフト優先でこれ以上増やせないし、他に探そうと思っても条件の合うとこは全滅。夏休みだけの短期のとこは週三じゃとってくれないし……」

「おまけに日曜出れないんじゃな。いっそレンタルのほう辞めて、新しいとこ探したほうが早いんじゃないか？」

「うーん……けど、レンタルのほうはもうシフト組んじゃってるし。急に辞めたら店に迷惑かけるだろ」

休日に出勤できないのは大きなネックだ。わかってはいるけれど、アルバイトをはじめるときに、日曜は仕事を入れないこと、と貴之に約束させられてしまっている。

「ああ、佐倉。こんな所にいたのか」

屋上の入り口のドアが開いて、クラスメイトの吉川《よしかわ》が顔を出した。横分けの髪、真面目《まじめ》くさった銀ブチ眼鏡《めがね》。

「よかった、もう帰ったのかと思ったよ。今度の金曜日、体育祭の補正予算のことで会議があるんだけど、出席できる？」

金曜か……と、さりげなく情報誌を手の中で丸めて隠しながら、悠一は難しい顔をしてみせた。

「まいったな。その日、塾のテストなんだ」

「そうか……わかった。いいよ、報告だけだし、ぼくが替わっておく」

「悪いな、助かるよ」

気にしないで、と吉川は軽く手を挙げて戻っていった。柾は呆《あき》れ顔で悠一を見上げた。

「なーにが塾のテストだよ。バイトじゃん」

「嘘《うそ》も方便。っても、あいつはバレてもチクらないだろうけど」

「え、なんで？」

アルバイトは理由の如何《いかん》を問わず、バレたら退学の校則違反だ。

「ああいう自己保身タイプは、他人のことなんかたいして気にしてないんだよ。自分に害が及ばないことには、いちいち首突っ込んでこない」

「ふーん……」

東斗学園は幼稚舎からの一貫教育だ。吉川は「外様《とざま》」と呼ばれる高等部からの編入組で、中学受験で入学した柾は、同じクラスといってもそれほど親しくない。外様は外様同士でなんとなくグループを作っているからだ。

それでも吉川が、生徒会役員のなかでも真面目で通っているのは知っている。校則違反は絶対に見逃さないタイプだと思っていたので、悠一の評価はちょっと意外だった。

「ああ……そうだ、思い出した。オカ、家庭教師やってみるか？」

「家庭教師？」

「小学生の算数と英語。知り合いが小さい派遣事務所やってて、手当がわりといいんだ。一時間で五千円」

「うそ、マジで？　けど、高校生でいいわけ？」

「いいんじゃないか？　おれにやらないかって云《い》ってきたくらいだから。やるなら紹介してやるよ」

「……なにその手」

「紹介料、五百円」

「はあっ？　金取んの？」

「不景気なもんで」

「ケチ……。なんでおまえみたいなのが生徒会役員なのかわかんねーよな」

ぶつぶつ云いつつ投げた五百円玉を手の平でパシッと受けて、悠一はにやりと笑った。

「会計にはこれ以上ない人材だろ？」

だったら役員会出ろっての。


翌日、教えてもらった番号に電話をすると、受付の女性が「佐倉さんから伺ってますよ」と面接時間と道順を丁寧に教えてくれた。あらかじめ話を通しておいてくれたらしい。なんだかんだいって、やっぱり悠一は面倒見がいいのだ。

炎天下を歩いて、事務所のある十五階建ての小ぎれいなマンションに辿《たど》り着いたのは、面接時間の十分前。

エレベーターで五階へ上がり、ドアの前で額《ひたい》にびっしょり掻《か》いた汗を拭《ふ》き、髪型を整え襟を正して、503号室のインターホンを押した。

「へーい？」

若い男が応答した。

「あ……あの、昨日お電話した岡本です。面接に来ました」

「ハイハーイ、ちょーっち待って」

やがて中でガタガタ音がして、内鍵《うちかぎ》が外された。

「どーも。バイト希望の人ね。ま、入って」

顔を出したのは、大学生風の、ド派手なピンク色のTシャツの兄ちゃんだった。

柾を上から下までジロジロと見回してから、大きくドアを開けた。

「ちょっといま、社長留守でさあ、誰もいないんだけど……あ、おれ、店長の鳥居《とりい》。つっても留守番みたいなもんだけど。えーと、高校生だよね。誰かの紹介？　それともチラシ見てきた？」

「あっ、紹介です。友人の佐倉から……」

「フーン。サクラ……サクラ、ね。誰だっけ。ま、いいや。こういうトコはじめて？」

「はい」

「ケータイ持ってる？」

「ないです」

「ポケベルは？」

「ないです」

兄ちゃんはよほど珍しいものを見るような目で柾を見つめた。

「へえー、あ、そー。ま、いいや。次までにこっちで用意しとくから、ポケベル。んじゃ、写真撮るから、そっち立って」

「写真？」

「お客さんに見せるリストにすんのよ。そこ立って」

「はあ……」

「ハーイ、にっこりしてー」

カシャ。フラッシュが光る。

「ハイ、オッケ。おつかれ。ほいじゃ、ウチのシステム説明するから。座って」

ソファに座った柾は、鳥居が缶のまま出してくれた冷たいウーロン茶を一息に飲み干した。

玄関を上がってすぐが、応接室ふうの八畳間。玄関から中が見えないように、磨《す》りガラスの衝立《ついたて》で仕切ってある。その左手は事務室かなにかのようだ。

「ウチは完全能力給制。ほとんどが指名のお客さんだから、日によっては一銭も稼げないってこともあるわけよ。ま、こういうトコはどこもそうだけどさ」

「そうなんですか」

「そーなんだよ。で、一回の派遣につき二万円。一回一時間で、三十分延長ごとに一万円追加料金。料金は先に振り込まれてるから、その他にきみが貰《もら》った金は小遣いね。じゃ、この紙に名前と年と……ベルナンバーはいいや、あとでこっちで書いとくから。あと、時間帯ね。何時から何時まで出勤可能か」

隣の事務室でトゥルル……と電話のベル。鳥居が数台あるうちのひとつに飛びついた。

「デイトナです。はい、営業してますよ。ご指名ですか？　ミズキ……はいはい、いや、いま来てないですけど、呼び出しますよ。いつものところで？……ハイハイ、わかりました。それじゃ、八時に。はーい。ありがとうございまーす」

それからどこかへ電話をかけ、しばらく話し込んでから、戻ってきた。

「ごめんごめん。えーと、岡本柾くん、十七歳、と。平日の五時から九時で週三回……ね。まあこの他の日もさ、暇なら出てきてよね」

「採用なんですか？　おれまだ高校生だし、てっきりダメかと……」

「採用も採用。大歓迎だよ、高校生。うち、大学生とかプーが多くてさ、高校生の男の子捜してたんだよ。あ、もし友達なんかでさ、いいコいたら紹介してよ」

「はい。あ、履歴書」

「あ、いい、いい。だいじょうぶ」

「はあ……」

「マメに出てくりゃけっこう稼げるよ。ウチで一番稼ぐコなんか、指名料だけで月に三十二、三万はいくんじゃない？」

「三十万っ⁉」

「三十二、三万」

鳥居はきっちりと訂正した。見かけによらず、けっこう細かい性格らしい。

「他に小遣いもらえるから、そーだなー、人によっちゃー、百万いく子もいるね」

「百万っ⁉……すっげー……」

家庭教師ってそんなに稼げるのか……凄《すご》すぎる。

「ま、はじめのうちは、こっちでフリーのお客さん回すようにするよ。顧客ついちゃえばこっちのもんだから。だーいじょうぶ、きみならすぐナンバーワンになれるって」

「給料は五日と二十日の二度に分けて払うから。日割りがよければそれでもいいけど、それだと仕事終わった後、取りに戻ってこなきゃなんないんだよね……あ、ちょっとごめん」

トゥルル、とまたベルが鳴った。

「デイトナです。はいはい、あ、初めての方ですね。ご指名は？……わかりました、いい子回しますよ。……××ホテルのコーヒーラウンジで三十分後。了解です」

電話を切ると、柾を振り返った。

「さっそくでアレなんだけどさ、いまから一人で行ってくんない？　地図書くから」

「えっ⁉　い、いまからですか？」

「そんな顔しなくたってダイジョブだって。ウチは完全会員制で、お客さんはみんな紳士だからさ。身元も確かな人ばっかだし。もし無理な要求とかする人いたらソッコー帰ってきちゃっていいから……っと。ちょっとごめん」

今度は玄関のベル。

「ホーイ。よっ、今日は早いじゃん」

「時間できたから」

他のアルバイトが来たらしい。磨りガラスの向こうにすらりとしたシルエットが映る。

「ちょうどよかった。いまから××ホテル行ってくんない？　で、ついでに新人くん連れてってやってよ。初仕事なんだわ」

「新人？」

あれっと、耳をそばだてた。

この声、どこかで聞いたことがあるような……。

「ギャラはトールにつけとくよ。取り分は二人で相談してさ」

「まあいいけど……」

トールと呼ばれた少年が、衝立からひょっと顔を出した。その整った顔が、柾の顔を見るなり強張《こわば》る。

「岡本……!?」

「え？——あ……吉川？」

すぐに名前が浮かばなかったのは、銀ブチ眼鏡がなかったからだ。いつもはきっちり横分けの前髪はバサリと額に下ろして、ブランドものらしい黒いTシャツにチノパン。左手には高価そうなごつい腕時計が光っている。

「なんでおまえ、こんなとこ……」

「吉川こそ、なんで……」

「あれっ、なんだ、二人とも知り合い？」

「あ、ハイ。学校の……」

するといきなり、吉川が柾の左腕を摑《つか》んだ。

「なんでもない。鳥居さん、××ホテルだったよね？」

「そ、本田《ほんだ》って初めての客。一階のラウンジで待ってる。目印は、机の上のペントハウス」

「わかった」

吉川は椅子《いす》から柾を引っ張り上げると、有無を云わせぬ力で玄関まで引っ張っていく。

「あ、トール。タクシーの領収書忘れんなよ」

「わかってる！」

靴を履くのももどかしげに玄関を出る吉川に引きずられるようにして、柾はエレベーターに押し込まれた。

無言で階数表示を睨《にら》んでいる吉川は、学校とは別人のように大人《おとな》びて見える。

「びっくりした。吉川もあそこでバイトしてたんだ？」

「………」

「おれは悠一の紹介なんだけど、ああいうとこ初めてだから緊張しちゃってさ。知ってる奴がいてよかったよ。いつからバイトしてんの？」

「………」

吉川は、うるさいと云わんばかりにじろりと柾を睨んだ。仕方なく柾も口を噤《つぐ》んで、階数表示を眺めた。

エレベーターが、気まずいムードとともに地上に二人を吐き出す。まだ柾の腕を摑んだまま、吉川は無言で通りへ出てタクシーを止めた。半ば強引に柾を車内に押し込む。

「××ホテルまで」

……なんなんだよ。さっきから。

胸で両腕を組み、むっすりと黙り込んでいるクラスメイトの横顔を見遣《みや》って、柾は軽く口を尖らせた。

あの優等生がまさかアルバイトをしてたとは思わなかったし、バレて気まずいのもわかるけれど、校則違反はお互い様だ。そこまで不機嫌にならなくたっていいのに。

「……悠一って、佐倉？」

窓の外を眺めたまま、吉川が突然口を開いた。

「あ……うん。おれレンタル屋のバイトもしてるんだけど、空いてる時間にできて時給のいいバイト紹介して貰ったんだ」

「……へえ。あいつがね。なんか裏がありそうな奴だとは思ってたけど」

「心配しなくても、悠一もおれもチクッたりしないよ。バレたら退学なのはお互い様なんだし。けど、おれ研修とか受けてないのに、いきなりいいのかな」

「べつに……必要ないだろ、そんなもん」

「でもこんなバイト初めてだし……一応、接客は得意なほうなんだけど、テクニックとか必要だろ、やっぱり？　上手《うま》くやれるかな」

「知るかよ。テクなんかやってるうちに身に付くもんだろ。だいたい、やることなんか誰が相手だってそう変わるもんじゃないし。基本的なこと以外要求してきたら特別料金でプラス一万。なんかトラブったら事務所に電話。あとはニコニコ笑ってりゃ金が入る」

「余裕だな。経験豊富そうだもんな、吉川」

「……それなりだろ」

「あー、なんか緊張してきた。やっぱ教科書読み返しとくんだったな」

吉川が、ゆっくりとこっちに首を向けた。

「教科書？」

「うん。いくら小学生相手っていっても人に勉強教えるのは初めてだしさ。一応復習しといたほうがいいと思って探したんだけど、そういえばおれ、引っ越したとき昔の教科書とか処分しちゃったんだよ。なあ、吉川の受け持ちの生徒って何年生？　最初の授業ってどんな感じだった？」

「どんなって……」

切れ長の目が、探るように柾を見つめる。

「おまえ、佐倉になんて紹介されたんだ？」

「家庭教師。小学生の」

「………」

吉川がなにか云いたそうに口を開きかけたそのとき、タクシーが大きくカーブを切って、ホテルのエントランスに滑り込んだ。吉川が金を払ってさっさと車を降りる。堂々とした様子で高級ホテルに入っていく背中を、柾も早足で追いかけた。

大理石をふんだんに使った豪華なロビーでは、披露宴の出席客らしい華やかな女性の一群が談笑していた。何度も来たことがあるのか、吉川はその奥にあるコーヒーラウンジにまっすぐ向かう。

高級ホテルなんてほとんど縁がなく、緊張ぎみの柾と違って、入り口でウエイターの案内を断わる態度も高校生とは思えないほど堂々としている。

「あれだ」

店内を見回し、窓際の席を顎《あご》で指した。

がっしりとした体格のいい男が一人、新聞を広げて椅子にふんぞり返っていた。長袖《ながそで》のシャツを肘《ひじ》まで捲《まく》って、小さなテーブルの下で窮屈そうに長い脚を組んでいる。

目印の雑誌の横にあるコーヒーは一人分で、子供は一緒じゃないみたいだった。今日は保護者だけの面接なんだろうか。

「本田さんですね？」

吉川が声をかけると、男は新聞から目を上げた。咥《くわ》え煙草《たばこ》が唇を焦《こ》がすほど短くなっている。陽焼《ひや》けした顔。ちょっと味付けの濃い、男らしい目鼻立ち。歳《とし》は三十そこそこ……貴之と同世代くらいだろうか。

「はじめまして。デイトナのトールです。こっちはマサキ」

「……一人多いな」

質のいいバリトン。腹に響くような美声だ。

「こいつ、新人なんです。今日はオマケってことで」

「はーん。ノーギャラってわけか。ラッキーだな」

男は煙草を消しながら、じろじろと柾の顔を眺めた。それから吉川に視線を移し、上から下まで、舐《な》め回すようにじっくりと眺め、もう一度柾の顔を見てから、立ち上がった。

「それじゃ、行こうか」

行くって――どこへ？

よくわからないまま、店を出る二人についていく。男がエレベーターホールに向かっているのに気付いて、吉川の背中をつっついた。上階は客室と展望レストランだ。

「なあ、どこ行くの？　メシでも食うの？」

「部屋」

「部屋？　なにしに？」

「客とホテルに来たら、やることはひとつに決まってるだろ」

「……って？　え？」

首を傾《かし》げている柾を、吉川は小馬鹿《こばか》にしたように見下ろした。

「まだ気がつかないのか？　派遣は派遣でも、デイトナはデートクラブなんだよ。ゲイ専門のな」

「デートクラブって――デートクラブうっ⁉」

「ばか、声がでかい」

「いてっ」

「佐倉にからかわれたんだよ、おまえ」

「まさかっ……だって昨日電話したときはちゃんと……」

面接の予約をしたときは、受付の女性が仕事の内容もきちんと説明してくれたのだ。

慌ててポケットから出した皺《しわ》くちゃのメモをちらっと見て、吉川は肩を竦《すく》めた。

「道が一本違う。それにあそこは渋谷第一マンション。こっちは新渋谷第一マンション」

……うそ……。

「あー、あの……おれ帰るっ」

がしっ、と摑まれた手首を引き戻される。

「ばぁーか。甘いよ。知られたからにはおまえも共犯になってもらう」

「云わないって、誰にもっ」

「信用できるか」

「どうしたー。なんか揉《も》め事か？」

エレベーターのボタンを押した男が、のんびりと間延びした声で尋ねた。吉川がにっこりと振り返る。

「すみません。貴方《あなた》がステキだから、どっちが先にするかで揉めちゃって」

「ちょっ……」

「そりゃ光栄だ。今日は楽しめそうだな」

男がにやにやと無精髭《ぶしょうひげ》を親指で擦《こす》った。二人の肩に馴れ馴れしく腕を回し、

「3Pは久々だな。で、どっちがサンドイッチの具になる？」

「おれは具でもバンズでもいいけど……」

吉川が、小馬鹿にした目で、ニヤッと柾を見遣った。

「やっぱ小さい子じゃないかな」

「おまえの好奇心にも呆れるよ。ホテルまでのこのこついていくか、普通？」

「ちがうってのっ。のこのこついてったわけじゃねーよ。しょーがないだろ、住所間違ってるなんて思わなかったし、……まあ、ちょっと怪しいとは思ったけど」

翌日の昼休み。さっさと昼食を食べ終わった生徒たちが、教室でガヤガヤ騒いでいる。隅《すみ》のほうで机をくっつけている柾と悠一の会話を聞いている奴らはいなかったが、内容が内容だけに、顔をくっつけぎみにして声をひそめる。

昨日のことは悠一にも秘密にしておくつもりだった。が、面接はどうだったと訊《き》かれて、紹介してもらった手前、隠しきれなかったのだ。

「ちょっともなにも、写真撮られた時点でじゅうぶん怪しいだろ。危機管理がなってない。こんなこと貴之さんが知ったら……」

「あー、だめっ。貴之にはぜっっったい秘密だかんな」

うまそうな唐揚げを箸《はし》で刺し、悠一は溜息をついた。一人暮らしの悠一は、いつも自作の弁当だ。

「当たり前だ。おれはまだ自分と自分の将来がかわいい」

まるで貴之がヤクザがなにかみたいな言い種《ぐさ》だ。まあ、確かにちょっと過保護だけど。いや、かなりだけど。

「で？　いくら貰ったんだ」

「貰うわけないだろ。なんもしてねーのに」

「しなかったのか？　なんで」

「なんでって……」

「あー、そうか。振られたのか。お子様は趣味じゃないって」

購買で買ったパンに齧《かじ》り付きながら、柾はにやにやしている友人の長い脚を蹴飛《けと》ばした。

「逃がしてくれたんだよ。一緒に行った奴が」

「へえ？　なんで」

「さあ……よくわかんねーけど」

肩を抱かれて強引に連れ込まれた部屋で、柾はドキドキしながらいつ逃げ出そうか隙を窺っていた。ところが客が先にシャワーを浴びに行くと、吉川が柾を廊下に追い出したのだ。

「行けよ。二度とあそこには顔を出すな」

「けど、吉川はっ……」

「うるさいな、さっさと行け。——今日のこと、誰かにバラしたらただじゃおかないからな」

いいな、と折れそうな力でグッと掴まれた手首に、まだ痺れが残っているような気がする。

「ま、二人で金を山分けするのが嫌だったとか、そんなところか」

「うん……かもな」

デリヘルで会ったのが吉川だってことまでは、さすがに悠一にも打ち明けられなかった。

吉川とは今朝、昇降口でばったり顔を合わせたけれど、いつもと変わらない様子だった。いつもの眼鏡にいつもの髪型、いつもの優等生スマイル。こっちのほうが気まずくて目を合わせられなかった。

その吉川は学食にでも行っているのか、教室に姿はない。そういえば昼食を教室で食べているところを見たことがなかった。

それにしたって、あいつ、なんであんなバイトしてるんだろう。

東斗学園は、多少の差はあれどそれなりに裕福な家庭の子女が多く通っている。吉川は奨学生じゃないはずだし、リスクを冒してまで金が必要とは思えない。そりゃ、かなり稼げるようだし、一度味を占めたら普通のバイトなんかバカバカしくてやってられないだろうけど――

「で、どうする？」

「えっ？」

パンを口に入れたまま間抜け面して顔を上げると、悠一が呆れ顔をしていた。

「新しいバイト先。カテキョも結局不採用だったんだろ？」

「あ、ああ、うん。あの後すぐ家庭教師のほうに電話したけど、時間に不正確なのは困るって……ごめんな、せっかく紹介してもらったのに」

「おれはいいけど。にしても、男専門のデリヘルか。……儲《もう》かるのかな」

「ばっ……いくら金が欲しいからって、おまえ」

「あほ。経営のほうだよ、おれが興味あるのは」

そんなのに興味持つなよ……。

「岡本ー。客ー」

呼ばれて振り向くと、教室の後ろのドア口に別クラスの女子が二人立っていた。片方のショートヘアは、同じ二年で、男子バスケ部のマネージャーだ。

理系クラスは女子の数が圧倒的に少ないので、他クラスの女子には入りづらいのだろう。

「なに？」

「なに？　じゃないよ、もー！　なんで練習出てこないわけっ？」

パンを頬張りながらやってきた柾を、青木《あおき》マネージャーが腕組みして睨みつけた。

「男バス、今日は紅白戦だから。今日こそちゃんと出てきてよ！」

「あー……ごめん、今日は用事があって」

「だーめっ。いっつもそんなこと云って、二年になってから一回も練習出てきてないじゃん。

監督とか部長に岡本はどーしたんだって訊かれて困るのあたしなんだからっ。だいたい用事ってなによ」

「あーうん、ちょっと。監督にはもう一回おれから話しとく。ごめん、迷惑かけて」

「べつに……迷惑とかじゃないけど……」

「用、それだけ？」

「あ、ううん……ほらー、早く渡しなよ」

マネージャーは背中に隠れるように立っていた友達を、柾の前に押し出した。小柄ですらっとした、ストレートの黒髪。学年でも一、二を争う美少女だ。

ピンク色の綺麗な紙ナプキンの包みをおずおず差し出す。

「あ……あのね、調理実習でクッキー作ったんだけど……作り過ぎちゃったから」

「もー、ちゃんと云いなって。おいしいの作って差し入れするって昨日から気合い入れてたじゃん」

すると美少女は顔を真っ赤にした。柾から見ても可愛くて、なにげにドキッとする。

「あ、あのね、それで……佐倉くんに渡してくれる？」

……なんだ。そういうことか。

「悠一ならいるけど。呼んでやろうか？」

ばっかねー、とマネージャーが呆れたように非難した。

「本人に渡しにくいから頼んでるんでしょ。鈍感」

「……ごめん」

「ちゃんと渡してよね。それとハイ、これ。ほんとに余ったからあげる。岡本は佐倉くんと違って、どーせ誰からも貰えないんでしょ」

ファンシーな紙袋を柾の手に押しつけたマネージャーは、「ちゃんと練習出てよ！」と大きな声で言い残すと、友達の手を引っ張ってバタバタと自分の教室に戻っていった。はあ、と体の力が抜ける。女子ってなんであんなにパワフルなんだろう。

悠一は弁当を片づけて、文庫本を広げていた。柾がクッキーの包みを机に置いても、無視してページに目を落としたままだ。

「悠一ー。せっかくくれたんだから、一口くらい食べろよ」

「いやだね。名前も知らないやつが、洗ったかどうかもわからないような手で捏《こ》ねたもの、口に入れられるか」

「うっわ。奥さんちょっと聞きました、今の！」

「いやあねえ、信じられませんわ！」

横でガツガツとクッキーを頬張っていた島田《しまだ》と大木《おおき》が、なぜかオカマ言葉でブーイングした。食べているのはもちろん、悠一が貰ったクッキーだ。昼休みのベルが鳴った途端、次々と差し入れが届いて、さっきの子で確か十個目。悠一は手もつけず、全部クラスの奴らの胃に収まった。

「おまえみてーなヤツがいるからこっちに回ってこねーんだよ。なんでこんな冷血漢がモテるんだ！」

「そうだ、みんな騙《だま》されてるだけだ！　おまえなんか顔と頭がいいだけじゃねえか！」

「そうだ！　女子はおまえの顔と頭と脚の長さに騙されてるだけだ！」

けなしてるんだか褒めてるんだか、肩を抱き合ってる島田と大木はともかく、悠一が女子に冷たいのは事実だ。どんなにかわいい子に告白されてたって見向きもしない。そのせいで柾とデキてるんじゃないかって、ありがたくない噂《うわさ》まで立ったことがある。悠一は同世代の女子に興味がないだけで、いまはずっと年上の女性実業家とつき合っている。背が高くて髪の長い、もの凄い美女だ。

放課後、悠一と喋《しゃべ》りながら廊下のロッカーを通りかかると、吉川が、その前に屈《かが》み込んでなにか捜していた。二人に気付くと慌てたように立ち上がる。

「どうかしたのか？」

「あ、ああ、いや……ちょっと鍵を落としちゃってね」

「鍵？」

「うん……コインロッカーの……青いプレートがついてるんだけど」

三人で床を見回したが、それらしきものはない。

「落とし物なら学生課に届いてるんじゃないか？」

「そうだね、行ってみるよ。——じゃ」

すれ違いざま、念を押すようにジロッと睨まれたような気がしたのは、気にしすぎだろうか。

「オカ、あいつとなにかあったのか？」

複雑な気持ちで吉川の後ろ姿を見送っていた柾は、悠一の鋭い指摘に、ドキッと飛び上がりそうになった。

「な、なんで？　なんもねーよ」

「ふーん……？」

「あっ、やば。四十二分のに乗らないとバイト遅刻する」

「部活いいのか？　マネージャーがまたうるさいぞ」

「おれみたいなユーレイがたまに顔出したってうざがられるだけだよ。あ、待った。ジャージ持って帰る」

ロッカーは一番下の列だ。屈《かが》んで扉を開けようとして、ふと、壁との隙間《すきま》になにかキラッと光るものを見つけた。指を突っ込んで引っ張り出してみると、青いプレートのついた鍵だった。

「これって吉川の……」

「オカ、急げ。乗り遅れるぞ」

「わっ、待った」

急いでジャージと鍵を掴み、ロッカーの扉をバーンと蹴飛ばした。


アルバイトを終えて帰宅すると、通いのお手伝いの三代《みよ》が玄関まで出迎えてくれた。

「お帰りなさいまし。お夕食は？」

「食べる。貴之は？　まだ？」

「八時頃の飛行機で着くとお電話がございましたから、そろそろ戻られますよ。お食事温めますから、先にお風呂になさって下さいな」

「あ、いいよ、三代さん。もう帰る時間でしょ？　おれ自分でやるから」

いそいそとキッチンへ入ろうとする三代を引き止める。

「温めるだけですから、すぐですよ」

「あっためるくらい、自分でやれるよ。貴之帰ってくると、また風呂だなんだって遅くなっちゃうからさ」

三代は迷ったふうだったが、玄関の置き時計を見直して、

「そう……でございますか？　それじゃ申し訳ありませんけれど、お言葉に甘えて……」

「うん。気をつけて」

「はい、おやすみなさいませ。火の始末と戸締まり、しっかりお願いしますね」

三代を送り出し、二階の自室に着替えに行く。貴之の車が戻ってきたのは、汗臭い制服を脱いでＴシャツを被《かぶ》ったときだった。

「お帰り！」

大急ぎでＴシャツとコットンパンツに着替え、階段を一段飛ばしに駆け下りる。チャイムが鳴るより早くドアを開けると、三日ぶりに会う恋人が、びっくりした顔で立っていた。

「お出迎えとは、嬉《うれ》しいことだな」

一九〇センチ近い長身を包む夏らしいネイビーの麻のスーツ、趣味のいいネクタイ。一分の隙もないやり手ビジネスマンの精悍《せいかん》な顔が、柾を見た途端、相好を崩《くず》す。叡智《えいち》の美貌《びぼう》で優しく微笑《ほほえ》み、貴之は柾の頭にぽんと手を置いた。

「ただいま。三日間、いい子にしていたか？」

「してたよ。なんだよ、子供じゃないんだからな。……あれ、中川《なかがわ》さんは？」

受け取った鞄《かばん》を抱えて、貴之の背後を窺《うかが》う。いつも玄関まで送ってくる五十がらみの秘書の姿がない。

「所用で会社に戻った。三代は？」

「さっき帰ってもらったよ」

「そうか……夕食をすませてこなかったんだが」

「用意してあるよ。すぐあっためる」

機能的で広いキッチンは、ベテラン家政婦の仕事によって、完璧《かんぺき》に塵《ちり》ひとつなく片づけられている。ガスレンジに味噌《みそ》汁と煮物の鍋《なべ》、白身魚の蒸し物などが温め直すだけになっていた。冷蔵庫にアスパラガスとチコリのサラダ。柾は手際よく魚をレンジに並べ、トマトを切り、鍋を火にかけた。母子家庭で子供の頃から手伝いをさせられてきたから、これくらいはお手の物だ。

手を洗ってきた貴之がネクタイを緩めながら、CDをかけにリビングへ行く。柾と違って、彼はガスの火もつけられぬ箱入り男なのだ。

四方堂《しほうどう》貴之、二十九歳。柾の同居人であり、血の繋《つな》がらない叔父《おじ》であり……大切で大好きな年上の恋人。

「夕食はまだだったのか?」

大きな一枚板のダイニングテーブルに伏せられた二人分の茶碗を見て、貴之が尋ねた。

「うん。おれもさっき帰ってきたとこなんだ」

「こんな時間までアルバイトか」

あくまで穏やかな口調の裏には、かすかな非難がこもっている。それを聞き分けられるのも長年のつき合いの賜物《たまもの》だ。

もちろん、言葉の含みはわかっている。バイトなどさっさと辞めて、塾なり予備校なりに通え。そう云いたいのだ。

ここで反論して藪《やぶ》から蛇をつつき出すのは本意でないので、柾はとりあえず行儀のいい返事をして、食卓に着いた。

食後のコーヒーだけは、いつも貴之が淹《い》れる。お腹《なか》がきつくなってリビングでうだうだしていると、いい薫《かお》りが漂ってきた。

「そうだ。学校でクッキー貰ったんだ。食う？」

「クッキー？　誰に貰ったんだ？」

「バスケ部のマネージャー。調理実習で作ったらしくてさ。悠一が山のように貰ってたから、おれにはお情けでくれたんだ」

「そうか。では頂こうかな。ちょうど甘い物が欲しかったところだ」

「持ってくる」

立ち上がったところを、グイと腕を引かれた。逞《たくま》しい胸に倒れ込む。膝《ひざ》の上へ抱き上げられ、横抱きにされたまま、濃厚なキスが始まった。

「ん、ん、……」

貴之のくれるキスは、いつも甘い。下唇を軽く挟んで吸って、ゆっくりと咬《か》んで、ちゅっ……と音を立てて離れて。

息苦しさからやっと解放されて、はあっと息をつくと、今度はその息ごと食べてしまうみたいに覆い被さってくる。

羽のような優しいタッチで口蓋《こうがい》をくすぐる濡《ぬ》れた舌先。弱いところを探られる度に、胸の中でびくびくと跳ねる身体《からだ》を、長い腕がぎゅっと抱き締めてきて、強い刺激の連続に苦しくなっても逃がしてくれない。

腰から下がとろけるみたいだ。力の入らない腕を首に回してしがみつく。苦しいよ、と貴之が少し笑い、なだめるみたいに背中を撫《な》でてくれた。

男の杠でも見とれる美貌。理知的で美しい双眸《そうぼう》にすごく間近からじっと見つめられ、照れくさくて少し俯《うつむ》きがちになる。何年も一緒に暮らしていて、昨日今日こんな関係になったわけじゃないのに、近くにいるだけで心臓が苦しいほどドキドキしてしまう。

「三日ぶりだな。……さみしかったか？」

「貴之こそ」

「ふ……こいつ」

脇腹《わきばら》をくすぐられて降参。笑いながら、またキス……三日ぶりの嬉しさと、愛《いと》しさとで、胸が満たされていく。貴之も同じ気持ちになっているのが、合わせた唇から伝わってくるみたいだった。

「食べないの？　クッキー……」

くり返すキスの合間に尋ねると、とろけそうな眼差《まなざ》しでふっと笑った。

「柾のほうが、よほど甘い」

耳朶《みみたぶ》が熱くなる。こんな気障《きざ》な台詞《せりふ》を平然と口にできるのは、大人の男だからなのか、生まれもった性格なのか、どっちなんだろう。どっちにしても、貴之と同じ歳になったときに同じようなことを云えるとはとても思えなかった。

指の長いエレガントな手が、柾の前髪をそっと掻き上げる。

「伸びたね……せっかくのきれいな目が隠れてしまうな」

「……きれいじゃないって」

「少し切っておいで。そのままでもかわいいが、目を悪くするといけない」

「うん……貴之も少し伸びたね」

「ああ、このところ慌ただしかったからな」

「貴之が行ってるとこって、日本橋のあそこだよね？　前にテレビに出てたよ」

夕方のニュースで、なんとか大臣の行きつけだとかって紹介されていた老舗《しにせ》の理容室。レトロな店構えで、上品で小柄な老店主がにこにことインタビューに答えていた。柾が通っているのは近所の格安店だ。貴之くらいの歳になったら、そんな場所が似合う男になれるだろうか。

「……仲が良いのか？」

甘いキスの余韻にうっとりしていた柾は、え……？とぼんやり薄目を開けた。

「クッキーをくれた女の子は、かわいい子か？」

「あー……うん。かわいいよ」

「ほう？」

「明るいし一生懸命だし、人気あるんじゃないかな。女子のなかじゃわりと話しやすいし……わっ」

やにわに体をひっくり返され、ソファに胸を押しつけられる。上から覆い被さってきた貴之の唇が、少し乱暴なキスをしてきた。いつの間にかTシャツの中に指が潜り込んできて、舌を強く吸いながら乳首をまさぐる。摘《つま》まれて捻《ひね》るように引っ張られて、びくん、びくんと体が反応してしまう。夢中で自分からも舌を絡めていくと、貴之はようやく力を緩めてくれた。胸の愛撫《あいぶ》も優しくなる。甘い甘いキス。

トゥルル、とキスに割り込むように電話が鳴った。貴之が、唇を合わせたまま卓上の携帯電話を探る。名残惜しそうにゆっくりと唇を離して、熱っぽく目を潤《うる》ませている柾の髪を撫でながら、携帯電話を肩に挟む。

「ああ、わたしだ」

一瞬で、声がビジネス用に変わる。

秘書の中川だったらしい。車中からなのか柾の耳にも、ノイズ混じりの声が漏れ聞こえる。

「……わかった。すぐに行く。先に行って準備にかかってくれ。蜂谷《はちや》と下田《しもだ》は？……そうか。頼む」

「……仕事？」

立ち上がった貴之は、スーツの上着を手に取った。

「ああ。遅くなりそうだ。先に休みなさい」

「シャツくらい替えてけば？」

つい少しでも引き止めたくて、そんなふうに云ってみる。

「オフィスに替えが置いてある。ごちそうさま、おいしかったよ」

「作ったの、おれじゃないよ」

「キスがだ」

思わず顔が赤くなった。

「せっかくデザートをはじめたばかりだったのにな」

鼻先に、ちょんとキス。

「惜しいな。明日学校さえなければ連れていくんだが。オフィスに置いて、仕事の合間にキスしたり撫でたりしたら愉《たの》しいだろうにな」

「なっ……なに云ってんだよもう。早く行けばっ？　中川さんたち待たせてんだろっ」

ほらほらっと両手で背中をぎゅうぎゅう押す。乱暴な言葉遣い、照れ隠しなのはお見通しだよと、玄関で振り向いた貴之の目が云っていた。ネクタイを締め直す指が色気があって見とれてしまう。

「帰りはわからないから、待たずに寝るように。戸締まりには気をつけなさい。いいね？」

「わかった」

柾は背伸びして、貴之は腰を屈めて。行ってらっしゃいとおやすみの、切ないキスをかすめる。

広い背中が出て行くのを見送り、念入りに鍵をかけて広いリビングに戻ると、コーヒーの匂《にお》いだけが残っていた。こてんとソファに転がり、そっと息を吸い込む。コーヒーの芳香《ほうこう》に紛《まぎ》れてしまった恋人の残り香を探すように。

天井を見上げる。大きなリビング。広い庭に隔てられて、外の物音もほとんど聞こえない。一人きりになると、時計と自分の呼吸の音がいやに響くような気がする。

都心の超高級住宅街にあるこの大邸宅で柾が暮らしはじめたのは、五年前……中学に上がる直前だ。それまでは、このリビングにすっぽり入ってしまうくらいの小さなアパートで、母一人子一人のつましい暮らしだった。

父親はいない。柾がまだ母親のお腹にいた頃、交通事故で亡くなった。

父は日本屈指の財閥当主の一人息子だった。あとから聞いた話だけれど、身寄りのなかった母の瑤子《ようこ》は、財産めあてだとか言われ、ずいぶんな目にあったらしい。

一族の大反対を押し切っての同棲《どうせい》生活は、わずか数ヶ月で終止符を打ち、入籍もしないまだった。身籠《みごも》っていることがわかったのはしばらく後だ。母は妊娠を誰にも告げず、インテリアデザイナーへの夢を捨て、女手ひとつで苦労して柾を産み育ててくれた。それでも、恨み言ひとつ云わない母だった。

四方堂家から弁護士が突然やってきたのは、小学校三年にあがった年だ。偶然、実の孫がいることを知った祖父は途端に手の平を返し、跡取りとして正式に迎えたいと申し入れてきたのだ。

もちろんそんな話を受ける気はさらさらなかった。いくら猫撫で声で遊びにおいでと誘われようが、どんなに高価なプレゼントを贈られようが、母に葬儀の参列すら許さなかったような冷たい家なんか、絶対にまっぴらだった。……だけど。

あの日。学校から帰った柾に突然、母親がこう云ったのだ。

「春からミラノに留学することにしたからね」

母親の思いつきが突然なのはいつものことだ。留学はかねてからの夢だったし、びっくりはしたけど反対するつもりはなかった。友達と離れるのはやだな、言葉通じるかな、と思ったくらいで。

「行くのはあたし一人。あんたは残って、四方堂の世話になりなさい」

だから、そう云われたときはびっくりして口もきけなかった。

目をまん丸にして言葉を失っている息子を、母は曇《くも》りのない目でまっすぐ見つめた。

「あんたの人生よ。籍に入るも入らないも、自分で判断して決めなさい。それにはあっちの家で暮らしてみるのが一番。それと、東斗学園の中等部に受験票出しておいたから。あんたの父親の出身校よ。その目で見て、その耳で聞いて、しっかり考えなさい」

あれから五年。いまでも柾の気持ちは動いていない。四方堂の籍に入るつもりはないし、まして家を継ぐなんて冗談じゃない。

第一そんなことをしたら、戸籍上とはいえ、貴之と甥《おい》と叔父になってしまう。

四方堂家は父の死後間もなく、跡取りとして養子を迎えていた。それが貴之だ。この家は祖父が柾の通学のために用意したもので、彼は保護者として同居を命じられたのだ。

父親を知らない柾には、十二歳も年上の大人の男との生活は初めてだった。最初は無口でおっかない大人に見えて、一緒にいるときはいつも緊張していた。初めての握手もおっかなびっくり、そーっと手を出したのを覚えている。貴之は、「きつい目で見上げてきて、なんて気の強そうな子だと思ったよ」と笑うけれど。

一緒に暮らすうちに、「おっかない」が取れて「無口」が取れて、ゆっくりと距離が縮まって——気がついたらもう、貴之のこと以外目に入らなくなっていた。

貴之が同じ気持ちを柾に抱《いだ》いてくれて、十二も年下の自分みたいなガキのことを本気で好きになってくれたのは奇跡だと、心から思う。秘密の関係。二人のことを知っているのは、親友の悠一だけだ。

そしていまの枉には、十二もの年齢差が、もどかしくてしかたない。

貴之は、頭脳も、地位も、ルックスも、ひいき目抜きに男として完璧で——比べれば自分は、なんてちっぽけで情けない。

片や、四方堂重工の代表取締役。部下の信頼も厚い、有能なジェット・セッター。引き換え、自分は一介の高校生。それも、貴之の家に居候して、食わせてもらって、小遣いや学費まで出してもらっていて。

貴之と本当の意味で対等の関係になるためには、このままじゃダメなのだ。せめて高校卒業後の独立資金くらい、自分で稼ぎたい。卒業後は就職して自活する。バイトの鬼なのはそのためだ。

貴之にはまだ話していない。以前ちらっとそんな話を振ったら喧嘩《けんか》になってしまって、それきり話題にしていない。

(とにかく卒業までに最低、百五十万)

アパートの敷金礼金、当座の生活費を考えると、いくらあったって足りそうにない。夜ごと貯金通帳を眺めては、青息吐息だ。

いくら頑張っても、しょせんは高校生のアルバイト。月々の小遣いは、卒業のときに返済するつもりで、手をつけずに貯金している。欲しい服やCD代を切り詰めてもなかなか貯まらないのが実情だ。

(あーあ、それにしたって、まいったなあ……)

明日からまたバイト探しだ。夏休み中の単発でもいいから見つけないと。

遅くまでうだうだと考え事をしていたせいで、翌朝目が覚めると遅刻ぎりぎりだった。どんなに遅く起きても朝食を食べずには家から出してくれない家政婦に、しっかりご飯を二膳《ぜん》食べさせられて、滑り込みセーフで校門をくぐり、猛ダッシュで教室に飛び込むと、黒板に大きく「自習」の文字。

「……走って損した……」

ぜえぜえと息を整え、席に着く。隣の席の悠一は姿がない。鞄が置いてあるから、トイレにでも行っているんだろう。

それにしてもいやにざわついてるなあと思っていると、前の席の安田《やすだ》が振り返って椅子を寄せてきた。

「なあオカ、聞いたかよ。吉川のこと」

「え……吉川がなに？」

「あいつ……死んだんだって。昨日」

安田の横から、島田が、神妙な顔つきで云った。

「はあ？　なに朝からつまんねー冗談……」

笑い飛ばそうとして、気になっていた教室中の落ち着きのなさに改めて気づき、口もとが固まった。休み時間も参考書を広げている連中まで集まってヒソヒソと話している。いつもの自習のムードとは明らかに違う。

「……マジで……？」

「マジ、大マジ。見つかったのが新宿のラブホでさ。時間になっても出てこないんでフロントの人が見に行ったら、ベッドで死んでたらしいぜ」

「嘘だろ……なんでそんな……」

「クスリの中毒だって」

「クスリって……睡眠薬かなんか？」

「それがさ、覚醒剤《かくせいざい》じゃないかってウワサ」

言葉を失う。覚醒剤……!?

「聞いた？　吉川くんが死んだのって、新宿二丁目のホテルだったんだって」

「二丁目って、え、それってホモのホテルってこと？」

「やーっ、うっそーっ」

「吉川ってホモだったの？　うっげえー」

教室のあちこちから聞こえてくる噂《うわさ》話にだんだん気分が悪くなってくる。安田と島田が話しかけてきても、貧血を起こしたみたいにスーッと血の気が引いて、まるで耳に入ってこない。真っ青になった柾の背中を、後ろから誰かが叩《たた》いた。

「……悠一……」

「よ。遅かったな。いま来たのか？」

頷《うなず》く。さすがの悠一も固い面持ちだ。

「吉川のこと……」

「ああ。おれもびっくりした」

〃全校生徒にお知らせします。すみやかに第二講堂に集合してください。くり返します。全校生徒は、すみやかに第二講堂に集まってください〃

校内アナウンスに、ざわつきながらも生徒たちが移動をはじめる。事件についての説明や校長の訓示があるんだろう。

ぞろぞろと廊下を歩く列に混じって歩いていくと、悠一が肩をつついて、「トイレ」と云った。そのまま二人で列を外れ、トイレに行くふりをして屋上の階段を上がる。

「さっきは学年主任に呼ばれて職員室に行ってたんだ。警察が来てて、おれもいろいろ聞かれた」

薄曇りで、屋上はじっとりとした微風が吹いていた。

「え……なんで悠一が？」

「簡単な事情聴取。一年のときから吉川と同じクラスで、一緒に役員もやってたしな。おまけに一人暮らしだから、うちが溜《た》まり場じゃないかって疑われたんだよ。迷惑な話だ。おれは酒も煙草もやらないっての」

二人はフェンス際に並んで校庭に目をやった。講堂への渡り廊下をぞろぞろと連なっている生徒らが見下ろせる。

「吉川がクスリやってたって……」

「らしいな。死因はいわゆるオーバードーズってやつ。クスリのやり過ぎだってさ。常習者だったかどうかはまだ捜査中で、警察は昨夜一緒にホテル入った男を捜してるみたいだ」

「……」

「なあオカ。おまえがデートクラブで会ったのって、吉川なんじゃないのか？」

はっと顔を上げる。その表情を一瞥《いちべつ》して、やっぱりか、と悠一は溜息をついた。

「昨日おまえの様子がおかしかったのと、吉川が発見されたのが二丁目のホテルだって聞いてなんとなくピンときたんだ。……だいじょうぶか？　顔真っ青だぞ」

「……ん……」

柾はガシャンとフェンスに背中を付けた。

「……おれ……なんで止めなかったんだろ。あいつがあんなバイトしてるの知ってて、なんにもしなかった……」

「べつにおまえのせいじゃないだろ。クスリやってたなら金も必要だったろうし、ヤバイのは自覚してたはずだ」

「けど……」

「それより、その話は誰にもするなよ？」

「しないよ。あ、けど……警察には話したほうがよくないかな」

悠一は大きな溜息をついた。

「あのなあ。おまえ、ちょっとは自分の立場を考えてみろよ。あそこに行ったこと、警察になんて説明するんだ？　うっかり間違えてデートクラブに面接に行きましたって？　それにいくら偶然っていっても、東斗の生徒が二人もデートクラブに出入りしてて、しかも片方は四方堂家の御曹司《おんぞうし》なんて大スキャンダルだぞ。マスコミがほっとかないし、おまえの爺さんだって黙ってないだろ。貴之さんにも迷惑がかかる」

柾はきゅっと唇を噛《か》んだ。悠一の云う通りだ。そんないかがわしい場所に出入りしたなんて四方堂家に知れたら、きっと責められるのは自分じゃなく、お目付役の貴之だ。一族の中には養子の貴之をあまり快く思っていない人間もいるし、マスコミが騒いだりしたら仕事にも影響してしまう。自分はなにを云われたって我慢できるけれど、貴之に迷惑をかけることだけは、できない。

「ほっといても、警察がすぐにバイトのことは突き止めるさ。とにかく関わらないのが一番だ」

「……うん……」

時計塔のチャイムが鳴りはじめた。ウエストミンスター寺院の鐘を模した美しい響きが、弔《とむら》いの音《ね》のように物悲しく夏空に響いていた。


午後からは平常授業に戻ったものの、学園全体が浮き足立っている状態で、授業の内容なんかまるで頭に入ってこなかった。さっそくマスコミが校門の前に集まってきていて、教師たちが対応に追われている。

放課後、悠一は生徒会の集合がかかったので、柾は一人で駅に向かった。今日はバイトは休みだ。駅前のコンビニで新しいバイト求人雑誌を買い、いつものように東口から改札を入ろうとした柾の目に、コインロッカーの看板がふと目に入った。

（あ。そういえば……）

吉川が落とした鍵。返しそびれてポケットに入ったままだ。

この駅のコインロッカーは、東口の改札左側と、南口の地下通路の二カ所。鍵についている青いプレートに場所の表記はなく、ナンバーだけが書いてある。

きっとバイトに行くための着替えでも預けてるんだろう。どうしよう。悠一は関わるなって云ったけど、延滞したまま数日放っておくと、駅で処分されてしまうはずだ。

逡巡《しゅんじゅん》しながらも、足はロッカースペースに向いていた。明るいグリーンの扉が、鳥小屋みたいに整列している。ものは試しで同じナンバーに鍵を突っ込んだ。

鍵は入らなかった。

(駅のロッカーじゃないのかな……)

いいや、やっぱり帰ろう、と思ったが、改札口の前まで戻ってからやっぱり諦《あきら》めきれず、南口へ走って回った。最近改装されてきれいになった地下通路。こっちのコインロッカーはブルーの扉だ。鍵のナンバーを探す。

今度は、すんなり鍵穴に収まった。

柾はポケットの小銭を探った。表示されている延滞料金を入れて鍵を右へ回すと、ガシャン、とコインが落ちる音。

「あ」

……開いた。

鍵をつまんだままの格好で呆然《ぼうぜん》としている柾に、二つ隣のロッカーに大きなボストンバッグを押し込んでいたサラリーマンが、怪訝《けげん》そうな視線を向けてくる。こそこそと扉を開け、中に手を突っ込んだ。

ナイロンの赤いスポーツバッグが入っていた。少しだけ口を開けて覗《のぞ》くと、茶色のつるつるした油紙の包みが見える。

(なんだこれ?)

包みの端をめくってみる。と、力を入れたつもりはなかったのに、なんの弾みか油紙がビリリッと破れた。中身のビニールのようなものがチカッと光ったように見えた。少なくとも着替えじゃない。

(これって、まさか……)

ドキドキッと震えるような動悸《どうき》が起きる。

(まさか……覚醒剤!?)

慌ててジッパーを閉め、ロッカーから引きずり出した。意外に重量がある。

帰りの電車の中ではしっかりと抱えて立っていた。激しい動悸におののきながら、脇目もふらずに走って家に帰り、念を入れて自室のドアに鍵を掛けてから、スポーツバッグの口を開いた。

ツルツルした茶色の油紙でくるまれた包みが、五つ入っていた。

包みを取り出す。震えがちな手で油紙の包装を解いた柾は、中から出てきたものを見て愕《がく》然《ぜん》とした。それは、ごろごろとビニール袋に詰められた、透明に近い拳《こぶし》大の結晶だった。

「なんだこれ……氷砂糖？」

ガクーッと力が抜けた。氷砂糖って……でも、待てよ。

（氷砂糖なんかわざわざロッカーに預けとくかな）

実はダイヤモンドの原石とか。……ってことはないよな。ビニール袋の隅に欠片《かけら》がいっぱい入ってる。ダイヤならこんなに柔らかいはずはない。覚醒剤かもしれないと思ったけど、だったら白い粉のはずだ。

ちょっと破いて舐めてみようか。テレビドラマではよくそうしてる。少なくとも氷砂糖かそうじゃないかはわかるはずだ。

机のペン立てのカッターを握る。パンパンに膨らんだビニール袋の端に刃先を当て、切り込みを入れようとして、結局ためらいが勝った。

（どうしよう。やっぱ警察に……でも……）

もし貴之に迷惑がかかったら――

階下から「ごはんですよー」と声がかかった。心臓が口から飛び出すんじゃないかと思うほどドキッとして、急いでビニール袋を包み直し、スポーツバッグに戻す。机の鍵の掛かる引き出しに隠してみたが、それでも落ち着かずに何度か場所を変え、毛布にくるんでクローゼットの奥へ押し込んだものの、夕食の間中、二階が気になって上の空だった。

(どーしよう……あれ)

もう一回ロッカーに戻すか？　でももし本物の覚醒剤で、自分の姿が防犯カメラに映ってたら……。

だから関わるなって忠告したんだ、と呆れ返る悠一の顔が浮かんだ。

翌日も無責任な憶測や噂話が飛びかってはいたものの、教室のムードは、昨日よりかなり落ち着きを取り戻していた。

事件が十八歳未満の少年という配慮から、テレビや新聞の報道は最小限に抑えられている。噂では大きな食品会社を経営している吉川の父親が、裏でマスコミに手を回したらしい。小遣いに不自由していたわけじゃなさそうだから、バイトをしていたのは、やっぱりクスリを買う金欲しさだったのだろう。

……クスリ。

スポーツバッグの中身のことばかり気になって、一日中気もそぞろだった。図書館で百科事典を引いたりしてみたものの、あの氷砂糖みたいな塊のことは謎《なぞ》のままだった。

「岡本くん！」

そんな放課後、昇降口で捕まった。バスケ部のマネージャーが、仁王立ちで柾を睨んでいる。一緒に下校しようとしていた悠一が、先に行くぜと肩を叩いた。

「もーっ。どーして出てこないのよ！　あんなに約束したじゃんっ」

「あ……ごめん。忘れてた」

「忘れてたじゃないでしょ！　なんで？　バスケ嫌いになっちゃったの？　中等部のときは一番早く来て、帰りも一番遅くまで練習してたじゃん。ブランクあるの気にしてるの？　岡本くんならすぐ取り戻せるよ。一緒にインハイ行こうよ」

「おれの身長じゃインハイじゃ通用しないよ。一九〇クラスがゴロゴロしてんのに。この身長じゃ潰《つぶ》されるって」

「けどっ……もったいないよ。あんなに才能あるのに。岡本くんに憧《あこが》れてバスケはじめた子だっているんだよ？」

「ごめん、もうおれ行かないと。迷惑かけて悪い。明日、退部届書いてくるよ」

「そういうことじゃなくてっ……岡本くん！」

「いいのか？」

追いついて横に並ぶと、悠一がちらっと肩越しに青木マネを振り返った。

「よけいなお世話だろうけど、おれももったいないと思うぜ。身長だってまだ伸びるかもしれないんだし」

「かもは余計だっつーの」

「P　G《ポイントガード》は小柄でもできるんだろ？　東東京MVP」

「中学んときのMVPなんて過去の栄光だよ。それに……」

柾は強い西陽に目を細めた。

「バスケは好きだけどさ……中学までって決めてたんだ。いろいろ金かかるし、バイトもできなくなるだろ？　頑張ればスポーツ特待で大学は行けるかもしれないけど、プロになりたいわけでもないし。いまはバイトして金貯めるほうが大事。二つも三つも大事なものがあっても、半端になるだけだからさ」

東斗学園では、高等部卒業までに部活に所属しなければならない。バスケ部を選んだのはテレビで観たＮＢＡの試合がかっこよかったのと、少しでも身長を伸ばしたかったからだ。もともとスポーツは好きで、やるからにはとことんやろうと決めて努力した。ＭＶＰを貰ったのはすごく嬉しかったし、チームメイトもいい奴ばかりで三年間楽しかった。そりゃあ全然未練がないってわけじゃない。だけど、今もこれからも後悔はしないと思える。やれることは、三年間で全部やり切ったから。

ぺし、と悠一が首の後ろを軽く叩いてきた。

「どうしてもボールが恋しくなったら云え。１on１の相手くらいにはなってやるよ」

「悠一……」

「三分百円でな」

「金取んのかよ！」

けどサンキュ、と柾は親友の背中をパシッと叩き返した。

駅で悠一と別れた後、自宅とは反対方向の電車で新宿へ出た。ラッシュで混雑する東口を出ると、地上にはまだ昼間の熱風が残っている。車の排気ガスが澱《おり》のようによどんで、ひどく蒸し暑かった。

目当ての大型書店に入ると、クーラーで一気に汗が引く。店内はあいかわらず混んでいて、人にぶつからずには一メートルだって進めそうにない。

まずは入り口のそばにあるフロアガイドの前に立った。八階までのフロアの簡単な見取り図や、書籍の分類が案内されているが、目当ての本がどこにあるかはさっぱりだ。

従業員に訊けばすぐにわかるだろうが、なんとなく訊きづらい。とりあえず関係がなさそうな雑誌や児童書は避けて、一階ずつ見ていくしかなさそうだった。

エレベーターで五階に上がり、それらしいコーナーを片っ端から覗いていく。目当てのものは社会学コーナーで見つかった。

ずらっと並んだ背表紙。こんなにドラッグ関係の本があるのか……と感心しながらひとつひとつ背表紙を確認していく。ドラッグと一口にいっても種類が多い。マリワナ、アシッド、コカインに……

「その手ならこっちの出版社のが詳しいぞ」

突然、背後から——いや、頭上から、太い男の声が降ってきた。

野趣味あるバリトン。柾はギョッとして、本に手をかけたまま固まった。

「レポートの題材にするんなら、そっちより『読解中毒マニュアル』だな。イラスト入りでわかりやすい。ドラッグ全般ならこれ。初心者向けだし、値段のわりに充実してる」

振り返って、相手を見上げた。

一九〇近い長身、がっしりとした肩幅。見覚えのある陽焼けした顔が、ゆうゆうと柾を見下ろし、にやりと笑った。

「ようボウヤ。なんならバックナンバーの棚まで案内しようか?」


「東斗学園の制服だな、それ」

アイスコーヒーのストローで、男は柾の制服を指した。

「私立の金持ちガッコの生徒が、なんだってあんなトコで売りなんかしてんだ?」

「あっ……あれは別のバイトと間違えて……! するかよ、売りなんかっ」

「なんだ、そーなのか?」

信じたのかそうでないのか読めない顔つきで、男はのほほんとコーヒーの澱をかき混ぜる。

ホテルでの第一印象は熊《グリズリー》みたいだと思った男は、こうして向き合って見ると、なかなか整った顔立ちをしていた。カビみたいにうっすらと生えた無精髭を剃《そ》れば、きっともっと垢《あか》ぬけるはずだ。

よく陽に焼けた赤銅色の肌に、白いTシャツと膝の抜けたジーンズが似合っている。歳は三十歳前後。人なつこい笑顔は人好きするが、叡智《えいち》を含んだシャープな目つきが、普通のサラリーマンでないことを匂わせる。

「トールの友達だろ?」

「トール……? あ、うん、まあ」

吉川のことだ。

「昨日からあいつのポケベル鳴らしてんだが、応答がないんだ。連絡先知らないか?」

「知ってるけど……でも……吉川、亡くなったんだよ」

柾の声はしぜんに低くなる。

「一昨日、新宿のラブホで高校生が死んだってニュース知らない?」

「薬物中毒で死体が発見されたって、あれか?」

柾は頷いた。男は濃い眉をひそめ、神妙な顔つきで顎の無精髭をこすった。

「そう……か。新聞じゃ少年Aだったからな……。まさかとは思ったが……」

「まさかって?」

「ん? ああ、いや」

男はニヤッと笑って首を振った。

「トールの名前、吉川っていうのか?」

「え？　うん」

……はぐらかしたな。柾はコーヒーをズズッと啜《すす》った。これは……なにかあるぞ。

「それで、ボウヤは今日はバイトは休みか？」

「だからしてないって。あれはビルを間違ったんだよ」

仕方なく、事の顚末《てんまつ》を手短に話して聞かせた。

「へええ。なるほどな。だったら、もうあそこへは出入りしないほうがいいぜ」

「云われなくたって行くかよ。けど、なんで？」

「あそこで扱ってるのは、かわいい男の子たちだけじゃないからさ」

「……それって」

声をひそめる。

「もしかして……覚醒剤？」

「勘がいいな、ボウヤ」

男はニヤッとした。

「あんたも買ってんの？　まさか——あんたが吉川とホテルに入った男じゃ」

「よせよ。おれが買うのは、かわいい男の子だけだ」

……信用できるもんか。

「お、そういや自己紹介がまだだったな」

男はジーンズのポケットから名刺入れを出した。シンプルな名刺の職業欄は空白で、名前と電話番号だけ書いてあった。

「草薙《くさなぎ》……傭《よう》？」

「フリーでルポライターやってる。よろしくな、ボウヤ」

「ボウヤじゃない。岡本柾。……あれ、本田じゃなかったっけ？　ペンネーム？」

「本田ってのは偽名だ。ルポライターなんて肩書じゃ、入会の審査でハネられちまうんでね」

「あそこ、審査なんかあんの？」

「年収から職業から、いちいち調べられる。高級官僚なんか多いぞ、あそこ。一流企業の社長だの、部長だの。ああいう趣味はおおっぴらにできないからな、デイトナみたいな秘密主義のクラブは地位のある奴らにはありがたいんだよ」

「バイトの面接はテキトーだったけどな……履歴書も見ないし」

「ツラがきれいで若けりゃいいのさ。よかったなあ、ボウヤ。落とされなくて」

「……ボウヤって呼ぶなよ、おっさん。それで？　偽名使って、あそこでなんの取材してたわけ？」

「短小早漏とブリーフの因果関係について」

「………」

「蹴るなよ。顔に似合わず凶暴だなあ」

笑うとやんちゃ坊主みたいな顔になる。

「取材だよ。東京のドラッグ流通事情をちょっとな。あのクラブは、矢島《やじま》って男が社長でな」

柾はクラブの様子を思い返す。あのとき、事務所にいたのは鳥居というヤツだけだった。

「そいつが裏で一部の客に強壮剤代わりにクスリをさばいてるんだ。クスリでも使わにゃ役に立たんジーサンばかしだからなあ」

「強壮剤？」

「といったって、アダルトショップで売ってるような紛《まが》いモンとはわけが違うぜ」

草薙は好色そうに云った。

「トールはプッシャー……クスリの運び屋だったんだ。おれはインタビューを申し込んでた。近々、足抜けするつもりだったらしくて、次に会ったとき詳しい話を聞かせてくれる約束だったんだが……」

その矢先の事故だったのだろう。

「ま、クスリの分量を間違えたんだろうな。気持ちいいまま、脳出血でオダブツだ。ジャンキーとしちゃ本望だろう」

「あいつ、ほんとにヤク中だったの？」

「おれといるときにはキメてなかったが、運び屋ってのはよっぽど意志が強くない限り、自分もハマってくことが多いんだ。ちょっとくらいと思うのが命取り。けっきょくずぶずぶにハマって、ジャンキー街道まっしぐらだ」

「……」

まるで別世界の話を聞いているようだった。

柾はコーヒーをスプーンでかき回した。ぬるくなったコーヒーは焦げ臭くて、飲めたものじゃなかった。

「真面目なやつだったんだけどな……成績もトップクラスだったし、生徒会の役員なんかやってて……」

「ま、得てして真面目なやつほどハマりやすいもんさ。トールはボウヤと同じ学校だったのか？」

「同級生だよ。同じクラス」

またボウヤ、と呼ばれて、柾はムッとする。

「へえー。ほおー。同い年」

「どういう意味だよ」

「ふくれるとますます子供っぽいな」

ますますムッとしたが、男はまったく意に介さずニコニコしている。……蹴飛ばしたろか。

睨むうち、ふと疑問が湧《わ》いた。

「あのさ。吉川……足を洗うって云ってたんだよね？」

辺りをはばかって声を低くする。

「だったら、殺されたって可能性もあるんじゃない？　警察に密告しようとしたとかさ」

「殺しの動機には弱いな」

男は強い顎でバリバリとアイスコーヒーの氷を嚙み砕いた。

「口封じのためだけにわざわざ自分たちに警察の目を向けさせるようなことはしない。刺激を求めすぎてついつい量が過ぎたところだろう。致死量は一五〇ミリグラム。爪《つめ》の先ほどだ」

「たったそんだけ……」

「運よく助かったとしても、一生廃人だ」

「……じゃあ、もしもさ」

ゴクリと唾《つば》を飲み込んだ。

「吉川は死ぬ前にクスリを持ち出してて、それがバレて——」

「テレビドラマの見過ぎだな。横領したとしても殺すまではしないさ。制裁として痛めつけるのがせいぜいだ」

「制裁のつもりがいきすぎたとか」

「ボウヤはどうしても殺しに結びつけたいみたいだな」

草薙は面白そうに目を細めた。

「どっちにしたって、殺しはリスクが大きすぎる。おれだったら、クスリ漬けにして死ぬまでこき使ってやるね。トールは売れっ子だったし、学校なんか辞めさせて一日じゅうクラブに置いときゃ、一日で二、三十万は稼ぐぜ」

「……あんたが云うと冗談に聞こえないんだけど」

柾は呆れてテーブルに頬杖《ほおづえ》をついた。

「けど、あのクラブももうおしまいだね。吉川が出入りしてたことは警察がすぐ調べるだろうし……そしたら、クスリの取引のことだって捜査される」

「ところが、そうはならないんだなぁ、これが」

ちっ、ちっ、と人差し指を振る。

「おれがあのクラブでクスリを引いてるって情報を仕入れたの、どこだと思う？　警察だよ。ルートはわかってても、あそこの上客には高級官僚やら代議士やらがぞろぞろいて手が出せないんだ。一種の治外法権だな」

「そっ……なんだよそれ！」

「そういう世界もあるってことさ。お勉強になるだろ、ボウヤ？」

「ボウヤって呼ぶなってば。なんだよ、あんたライターなんだろ？　スクープすりゃいいじゃんか。高校生が麻薬密売させられてたってマスコミで取り上げれば、警察だって無視できないだろ」

「だめだな。それじゃおれの本のインパクトが半減しちまう」

「はあ？　なんだそれっ」

「第一、証拠がない。おれにしたって、トールからは運び屋をやってるって聞いただけで、実際に取引現場を目撃したわけでもない。物証もない。おまけに向こうのバックにゃ大物がついてる。怪しい、だけじゃ警察は動かない」

「……………」

「他になにかご質問は？」

男は嫌みったらしく、外国人みたいに両手を広げた。

柾は、むーっと突き出した下唇を指でつまんで、考えながら、云った。

「……吉川に、インタビュー申し込んでたって云ったよね」

「ああ」

「他に協力者は？」

「いいや」

「じゃあさ」

「ボウヤが協力するって話なら、お断わりだ」

「なんで!?」

「危険だ」

「なんでだよ。吉川は殺されたんじゃないっていま云っただろ」

「あいつは事故でも、今度は殺されるかもしれないだろうが」

「そんなヘマしないって」

「ダメだ」

「うまくやるってば。おれ、いまバイト探してるんだ。助けると思って！」

「ダーメ」

「じゃあどうするんだよ、この先。また運び屋してる奴捜すわけ？　全員が全員クスリ運んでるわけじゃないかもしれないじゃん。金だってかかるし、それよりおれと組んだほうが、ずっと合理的だと思うけど。クラブのなかで協力してくれそうな奴を探すだけなら」

「ダメったらダメだ」

「ケチ！　いいよ、だったら、あんたがクラブで吉川を買ったこと警察にバラしてやる」

「勝手にしろ。おれにはアリバイがある。それにな、残念だがボウヤ、男同士の売春行為は、法には触れないんだぜ」

「でも淫行《いんこう》罪だよ」

柾はきっぱりと云い放った。

「イ・ン・コー・ザイ。十八歳未満の男女と性行為を持つのは、日本じゃ立派な犯罪だよ」

男は苦虫を嚙みつぶしたみたいに口もとを歪《ゆが》めて舌打ちした。

「……このクソガキ……」

「おれがガキならあんたはオッサンだね」

勝った。お返しとばかり、せせら笑った。


「これがメタンフェタミン。覚醒剤だ」

十分後、二人は西新宿に場所を移していた。

都庁のお膝下《ひざもと》、といっても近代的なオフィス街ではなく、もっと駅に近い、人よりもゲロの数が多いといわれる一角、開店前の〈MAX《マックス》〉という古びたスナック。

どうやらここが草薙の根城らしい。ちょっと奥へ消えたと思ったら、見本だといって、切手大の小さなビニール袋を持ってきた。

それは、煎餅《せんべい》の袋なんかに一緒に入っている乾燥剤に似ていた。氷砂糖を小さく砕いたような、透明な塊が入っている。

「これって本物？　なんでこんなモン持ってんだよ」

「蛇《じゃ》の道は蛇《へび》ってやつだ。これがワンパケ。約二グラムだな」

「覚醒剤って白い粉じゃないんだ……」

「粉もあるが、純度が落ちる。あとは錠剤や、液体のなんかもあるな」

「ふーん……」

柾はビニール袋をライトに透かしてしげしげ眺めた。

（そっくりだ）

いくらかあっちのほうが結晶が大きいが、間違いない。吉川がロッカーに隠していたバッグの中身——あれは、覚醒剤だ。

「これでいくらすんの？」

「一グラム末端価格が二万五千ってとこか。それだと五万くらいだな」

「げーっ。五万？　こんなのが！」

「ちょっと前、金魚ってヤツが主婦や学生の間に出回ってな。あれはこいつを白ワインに溶かしたのを、寿司用の醤油《しょうゆ》入れに詰めてあって、コーヒーなんかに入れて飲むんだ」

「え？　飲むの？」

「静脈注射が一番キクが、感染症の問題もあって近頃じゃよっぽどのヘビーユーザーでもなければ注射する奴はまずいないな。跡が残ってみっともないってのもあるし」

「へえ……」

「なかにはこれをアルミの上に置いて、火で炙《あぶ》ってストローで匂いを吸ったりするヤツもいる。あとは……粘膜への塗布」

「粘膜って？」

「性器にな、塗るんだよ。こいつはキクぜぇ」

草薙は、中指をぐりっと動かして見せた。節くれ立った指の卑猥《いんわい》な動きに、なんとなく柾は赤くなる。貴之の愛撫を思い出してしまって。

「デイトナで引いてるのはスピードと、あとアシッドなんかも扱ってるようだな」

「スピード？　アシッド？」

スピードは覚醒剤、アシッドは幻覚剤で、ＬＳＤのことだと教えてくれた。

覚醒剤はＳとも呼ばれる。もしもクラブでエスとかスピードとか冷たいもの、なんて云っていたら、間違いなく覚醒剤のことを指す。……のだそうだ。

「ボウヤには、トールの代わりになりそうな子を見つけてほしい。できるだけ古株で、事情を知ってそうなヤツがいいな。あとはおれが直接そいつと交渉する」

「……そんだけ？」

「とりあえずはな。ま、ぼちぼちやろうぜ」

ちょっと不満げに唇を尖らせた柾を、草薙は苦笑を含んだ目で見下ろし、頭をポンと叩いた。

「そうだ、バイト代のことがまだだったな。云っちゃなんだが、あんまし出ねえぞ」

「いいよ。デイトナから出るから。指名料はどうせ草薙さんが払うわけだし」

「なるほど。それもそうか。まあ、よろしく頼むぜ相棒」

「こっちこそ」

差し出された大きな右手をがしっと握った。

「さーて、メシでも食いにいくか。手つけ代わりに奢《おご》ってやるぞ。なに食いたい？」

「だからボウヤって呼ぶのよせって！　オッサン！」

むくれたけど、草薙は聞いちゃいなかった。

4

打ち合わせがてら近くのファミレスで夕食を摂《と》り、草薙の車で自宅前まで送ってもらった。白の塗装が剝《は》げかけた古いスカイライン。いつエンジンが停まるんじゃないかと冷やひやする乗り物だった。

貴之は帰宅しているらしく、二階の書斎に明かりがついていた。遅くなったのがバレたらまたうるさく云われそうだ。

「シホードウ？……岡本クンじゃなかったのか？」

運転席の窓越しに、門の表札を見た草薙が訝《いぶか》しんだ。

緩やかな坂道に沿って庵治石《あじいし》が積み上げられ、その奥に、大きな二階建ての洋風数寄屋造りの邸宅が月を背負っている。

「親戚《しんせき》の家だよ。おれ居候なんだ」

バックシートに投げた鞄を引きよせながら、柾は答えた。

「居候。へえ……」

草薙はなにか云いたげに顎をこすった。

「なに？」

「んー？　いやべつに」

車を降りると、夜だというのに、むっとするような暑さだった。

「じゃ、明日」

「おう。指名の予約入れとくからな。六時だ、遅れるなよ」

運よく、貴之は書斎にお籠りのようだった。

十時過ぎていたので、家政婦も帰ってしまっている。書斎には声をかけず、シャワールームに直行した。この家は、贅沢《ぜいたく》にも各自の寝室に洗面所とシャワーが付いているのだ。

煙草の臭《にお》いが移ってしまった制服のシャツを、脱衣カゴに放り込む。明日はバイト用の着替えが必要だ。デートクラブに出入りするのに制服はまずい。

（草薙傭、かあ……）

ルポライターって、あんなテキトーそうでもやれる仕事なんだろうか。貴之と同じ歳くらいなのに、えらい違いだ。

貴之は大学時代から四方堂グループの業務に携わっていて、いまや二十九歳にして、グループの中枢企業である四方堂重工の取締役だ。職業や役職で人を判断しちゃいけないんだろうけど、フリーのライターっていうのはやっぱりなんだか胡散《うさん》臭い。

でもこれで、吉川が本当はどうして死んだのかわかるかもしれない。

悠一の忠告はもっともだけど、あんなもの見つけてしまったんだ。このまま黙って見過ごすことなんかできない。いくら吉川がクスリをやってて、運び屋までしてたっていっても、あんな大量の覚醒剤を残して死ぬのはおかしい。きっとなにかあるはずだ。

シャワーを浴びて、キッチンに飲み物を取りに下りた。リビングルームのソファで今日一日のことを反芻《はんすう》しつつぼんやりスポーツニュースを観ていると、貴之が二階から下りてきた。

部屋着の白いサマーニットがすごくよく似合っている。いつも貴之の美貌は見ただけでドキドキするけれど、今日は隠し事があるせいで、別の意味でドキドキした。

「あ……ごめん、うるさかった？」

「いや、一段落したからコーヒーでもと思ってね。いつ帰ったんだ？」

「えっ……けっこう前だよ。もうシャワーもしたし」

「そうか。気がつかなかった」

コーヒーをセットした貴之が、隣にきて座った。まだ半乾きの髪を撫でて、つむじにちゅっとキスする。

「ん……？　どうした？」

いつになく体を硬くしているのがわかってしまったのか、怪訝そうに眉が寄る。

「なんでもない。あー……おれもう寝ようかな。歩き回ったからなんか脚がだるいし」

「どれ？　マッサージしてやろう」

そう云うと、ハーフパンツからすらりと伸びた柾の脚を自分の膝に載せ、脹《ふく》ら脛《はぎ》を指の腹でギュッと押す。

「あははははは、く、くすぐったいよっ」

「じっとしてないからだ。力を抜きなさい」

「その云い方ってなんか……」

「ヘンに聞こえるのは、いやらしいことばかり考えているからだろう？」

笑いながら、貴之は丁寧にマッサージをしてくれた。剣道師範の腕前で、テニスやヨットもプロ級の貴之は、マッサージも上手なのだ。

貴之の温かい手の平の感触が気持ちよくて、柾はうっとり目を閉じた。

「……ん？」

とろとろと、眠気を誘うような心地良い浮遊感を楽しんでいた柾の、エッチなツボを、貴之の指がスッとかすめた。

「ん、ん、……それってマッサージ？」

「揉みほぐすという意味では、そうだな」

ハーフパンツの裾《すそ》から忍び入った手が、大事なところをキュッと摑んだ。ああっ、と背を反り返らせて、でも抗《あらが》うには少々、意気地が足りなくて。

「は……あっ……」

下着ごとハーフパンツをずり落とされる。口に含まれ、強弱をつけてリズミカルに扱《しご》かれて、体じゅうの血が一点に向かって沸騰するような快感を味わう。

「あ、あ、貴……之……っ」

繊細なタッチで追いつめていく指使いに、自制が吹き飛ぶ。陽焼けしたなめらかな脚で、貴之の背中を思いきり締めつけ、びくっびくっと震えてイッた。

精液の匂いのする、淫《みだ》らなキス。深く舌でまさぐられ、うっとりと快楽に身を任す。

ひどく背中が温かくて、なんだか眠くて——目を覚ますと、ベッドの上で、朝だった。

「ひどい雨でございますよ。貴之ぼっちゃまに駅まで送って頂いて？」

三代に起こされて、ぼんやりした顔のまま朝食の席に赴くと、貴之が先にテーブルに着いていた。が、おはようも云わない。

なんだか機嫌悪いね、さわらぬ神に祟《たた》りなしです、と三代と目線を交わし合い、黙々と朝食を摂った。貴之はむっつりと黙ったままだ。

朝からひどいどしゃ降りだったが、機嫌の悪い貴之に車を出してもらうのも気が引けるので、自力で駅まで行こうとすると、

「用意しなさい。送っていくから」

貴之がむすっとした顔のまま立ち上がった。その右頬が、なぜか赤く腫《は》れている。

「三代さん、あれどしたの？」

「さあ、それが……。昨夜は気がつきませんでしたけれどねえ？」

「おれも。虫歯かな？」

「早くしなさい！　遅刻するぞ」

階下のガレージから大声がしたので、二人は顔を見合わせて肩を竦めた。

「三代があとで聞いておきますよ。行ってらっしゃいまし」

「うん。行ってきまーす」

弁当を摑んで、地下ガレージへ駆け下りた。貴之はベンツのエンジンをかけて待っていた。

腫れたところが痛むのか、ハンドルを握ったまま、ときどき顔を撫でている。

（やっぱ虫歯かな。昨夜はべつに……）

……ゆうべ。……そうだ、昨夜！

「あ、あの……貴之」

柾はおずおずと切り出した。

「昨夜……もしかしておれ、あのまま寝ちゃった……？」

「……揺すっても叩いても目を開けなかった。ベッドへ運んでやったらしがみついてきたから目が覚めたのかと思ったら、もう泳げないと寝言を云ってまた眠ってしまった」

「もしかして、その顔……」

「運ぶ途中で、寝ぼけた誰かさんがエルボーをくれたのでね」

貴之はジロッと柾を睨んだ。

「ごっ……ごめん」

柾は助手席でちいさくなった。

「許してやるのは今回だけだぞ。よっぽどこのまま……と思ったんだからな」

「うん。反省する」

「……まったく。わたしも甘いな」

独《ひと》り言には苦笑が含まれていたので、少しホッとした。本気で怒っているわけはないとわかってはいたけれど。

「あのさ、よかったら責任取るよ？」

ホッとした途端、悪戯心に火がついた。

「でも、ここでのっかるわけにいかないか……口でもいい？」

「……シートベルトをしたままじゃ、口は使いにくいだろう」

「へっ？」

「手でいいぞ」

貴之は、前方を向いたまま、柾の手を取って、自分の股間《こかん》に導いた。

「さあ……」

「た、たんまっ、冗談！　冗談だってば、貴之っ！」

「大人をからかうからだ」

ちらっと柾を睨んだ目が、笑いを滲《にじ》ませている。

「ごめんなさい」

「ベッドの中ではごめんなさいは通用しないぞ。覚悟しておけよ？」

最後のほうは、聞こえないふりをした。駅に着いてしまったからだ。

5

六限終了の鐘が鳴るや、柾は教室を飛び出した。

四時十五分。駅のトイレでダッシュで着替えて、渋谷まで五分。クラブで情報収集できるのは草薙から指名が入るまでの間だ。一分もムダにできない。

道玄坂を駆け上がって、渋谷第一マンションの五階。四時半ジャスト。

玄関を開けるなり、鳥居が「ポケベル用意したよー」と声をかけてきた。ポケベルを持ってない高校生がよほど奇異だったらしい。

リビングルームには、柾と同じ年頃の少年が四人溜まっていた。ここで指名が入るのを待つシステムらしい。一人はテレビゲームに夢中で柾が入っていっても振り向きもしなかったが、他の三人は顔を上げた。

その中の一人と、目が合った。

背中にある窓から傾きかけた夏の陽が斜めに差して、少年の淡い茶色の髪や白い肌を、オレンジ色に洗っていた。

逆光の中でもそれとわかる小作りな白い顔、やさしげな頬のライン、やわらかそうな唇。華奢《きゃしゃ》な肩からずり落ちかけたタンクトップを直す仕草は、とても男とは思えない。真っ平らな胸と腰は、確かに男だったけれど。

何歳だろう。痩《や》せた体つきは中学生でもおかしくない感じだ。

少年は、こぼれそうに大きな目でちらっと柾を一瞥し、視線が合うとふっと目を逸《そ》らして膝の上の雑誌に視線を落とした。なんだか嫌な感じだった。

溜まっていた少年たちには、次々と指名の電話が入った。三十分もすると、事務所に残ったのは柾と美少年、店長の鳥居だけになった。

少年はあれきり柾を一瞥しようともしない。が、まったく視線を動かさないのは、逆に意識している証拠だ。

話しかけるきっかけを探りながらチラチラ様子を窺っていると、少年が、突然顔を上げて睨んできた。

「……ぼくの顔になにかついてる？」

「えっ……な、なんにも」

「だったらジロジロ見ないでくれない。不愉快だ」

フンっとばかり頭を振る。ムッとしたが、こちらの行儀が悪かったのも確かだ。ごめん、と素直に謝った。

そのとき、ガチャガチャッ、と玄関でドアの鍵を開ける音がした。

「おーい、誰かチェーン外してくれ！」

鳥居が事務室からハーイ！　と応《こた》えるより早く、少年がパッと立ち上がって玄関へ飛んでいった。

「おー、涼しいなーっ」

「おはようっす」

「どうだ？」

「忙しいっスよ。あ、矢島さん、彼、ルーキーです」

磨りガラスの向こうから現われたのは、麻のスーツの男だった。

がっしりとした体格。ややそげた頬、鋭角的な顎。ハンサムといえないこともないが、知性の輝きに欠ける奥二重のせいで、男前が半分下がって見える。

「新人くんか。名前は？」

「柾……です」

しまった。偽名にすればよかった。

「柾くんか。高校生？」

「二年です」

「そう。かわいいね」

云うなり、柾の前髪をサラッとかき上げた。びっくりして頭をのけぞらせる。

「前髪少し切ったほうがいいね。せっかくきれいな目をしてるのに、もったいない」

「は、はあ……」

「宏明《ひろあき》、よしなよ。嫌がってるじゃないか」

美少年が、男の後ろから口を出した。しかし庇《かば》ってくれたというわけでもないらしい。ジロッと睨まれた。

(……なんだよ)

睨まれる覚えなんかないぞ。思わずキッと睨み返す。と、矢島がなぜかヒュウッと口笛を吹いた。

「ミナミさーん、ご指名っすよ。イイダ様、いつものホテルで三十分後。1050号室」

鳥居が、10×10センチくらいの白い封筒を、ミナミと呼んだ少年に渡した。ミナミはそれを尻のポケットへしまった。

「気をつけて行ってこいよ」

「うん……」

ミナミは、上目づかいに矢島を見上げて、なぜだか立ち去りがたそうにモジモジしている。と、柾のほうをチラッと見遣り、矢島の手を引っ張って玄関へ行ってしまった。

(なに話してんだろ)

聞き耳を立てたが、間仕切りが邪魔して聞こえない。やがてドアの閉まる音がし、ネクタイを緩めながら戻ってきた矢島は、なんとなく突っ立ったままでいた柾に、にっこりと椅子

を勧めた。

「きみ、今日が初日？」

「や、二回めっす」

柾が答えるより早く、鳥居が代返した。矢島はそれを無視して、

「誰かの紹介？」

「え？　いえ……」

「チラシ見て？」

「あ、まあ」

「あれっ、トールの知り合いじゃなかった？」

またも横から答えた鳥居は、おまえには聞いてない、というふうにジロッと睨まれて、すごすごと事務室に引っ込んでしまった。

ドアが閉まるや、矢島は柾の隣へ移動してきた。膝の上に置いた手を握る。柾は内心、一メートルばかり飛び上がった。

「トールの知り合い？」

「違います」

きっぱりと否定した。ここでハイなんて云って、下手《へた》に警戒されても困る。それをどう取ったのか、矢島はスッと目を細めて柾を見つめた。ドキドキッと心臓が鳴った。

「ふーん……」

「……」

「肌、きれいだね。焼かないの？」

「や、焼こうと思っても、すぐさめちゃって」

「このくらいがちょうどいいよ。きれいな肌だ……」

ふよふよのあったかい指が、鎖骨のあたりをつつーっと撫でた。ぞわぞわぞわーっと悪寒《おかん》が走った。

（おえええええぇぇぇ〜〜〜〜〜〜〜っっ！！！）

「いい匂いだ……。ディオール？」

つつつ、と男が鼻を寄せてくる。

「は？　いえあの……なんにもつけてないです」

そそそ、と柾は尻《しり》で逃げる。

「そうか。じゃあきっと、きみ自身の匂いだね」

そっ、それ以上近づいたらホントに吐くぞ――ッ！

「マサキくーん。ご指名ーっっ」

能天気な鳥居の声が、これほど頼もしく聞こえたことはなかった。

〈MAX〉のドアには、クローズドの白い札が掛かっていた。ちょっと戸惑ったが、他に出入り口を知らない。思いきってノブを回すと、鍵は掛かっていなかった。

薄暗い店内。テーブルも椅子も片づけられていて、カウンターにぽつんと明かりがついていた。

奥に声をかけてしばらく待つと、カウンターの奥から太っちょのマスターが出てきて、無愛想に柾を見遣った。

「準備中だよ」

「いえ、あの……ここに、草薙さんって人いますか？」

「ああ。ナギのお客か。入んな。おおい！　べっぴんさんだぞ！」

と、カウンター奥にある「関係者以外立ち入り禁止」の札が掛かった木製のドアを、ドカドカ二回殴りつけた。するとドア越しに、のんびりした草薙の声が返ってきた。

「おーう、上がってこいやー」

ドアを開けてみると、いきなり急な階段になっていた。

「持ってきな」

太っちょマスターが、瓶のコーラの栓を抜いてくれた。

狭くて急な階段を上りつめ、左側が草薙の部屋だった。

八畳くらいのフローリング。壁の一方には天井まであるパイプの本棚。収まりきらずに溢れた本が、いたるところに積んである。煙草の臭いに混じって、なぜかかすかに酸の臭い。

「臭うか？　おれはもう鼻がバカになっちまってるからな」

窓を開けて換気すると、クーラーの冷気が逃げてしまう。耐えられないほどじゃないからいいよ、と柾は断って床板の上に座った。雑然としているが、意外に掃除は行き届いている。

「ここに住んでんの？」

「東京にいるときにはな。あとは知り合いのところを行ったり来たり転々と……まあ、年の半分も日本にはいねえんだが」

この臭いは、どうやら写真の現像に使う酢酸《さくさん》が原因のようだった。隅の流しにベニヤ板を張り巡らせて、にわか暗室に仕立ててあるのだ。

「矢島ってやつ、今日店に来てたよ。若いんでびっくりした。もっとオッサンかと思ってた」

「まだ二十六、七だ。二十歳で大学辞めて、株で失敗して二億も借金焦げつかせて、しばらく香港《ホンコン》に逃げてたらしい。あのクラブをはじめたのは二年前……最初の一年で借金を完済してる。はじめからクスリの引きが目的で店開いたな」

「クスリってそんな儲かるの？」

「仕入れ値がグラム二千円、仲介料を五、六千円取られたとしても、売り値は二万五千だ。一キロさばいたら、ハイいくらでしょう?」

「……時給七百四十円でバイトする意欲がなくなるよ」

「銭なんざ天下の回りものだ。墓場まで持っていけるわけでなし」

草薙は豪快に笑った。

「あとは? 誰かいい子はいたか?」

「うーん。まだ顔出したばっかだから……あ、ただ気になるヤツがいた。ミナミって、すごいきれいな顔の……」

「ちょい待ち。リストがある」

草薙は書棚から、茶の合皮のカバーで綴《と》じたリストを持ってきた。少年たちの全身と顔のアップの生写真つきで、下に名前や登録ナンバー、プロフィールなどが書いてある。

「いた。これだ」

皆美《みなみ》。十九歳。

「どれ? へえ……なかなか。ナンバー02か。古株だな」

「こいつが出てくとき、鳥居が……鳥居ってのは店長なんだけど、これくらいの封筒を渡してたんだ」

指で、10×10センチくらいの四角を作って見せる。

「おれのときには渡されなかった。他にも何人かいたけど、なにも渡してなかったと思う」

「ふーん……。皆美ちゃんか。いっぺん指名してみるか」

「でもそんな簡単に協力してくれるかな。矢島とつき合ってるみたいだった」

「ほーお？」

「矢島がゲイなんて聞いてねーよ」

「なんだ、迫られたのか？」

むすっと顔を顰《しか》めて、冷たいコーラの瓶に口を付ける。

「……触られた」

「お？」

「匂いも嗅《か》がれた」

「ほおー、マニアだな。こんなかわいこちゃんに囲まれてやりたい放題か。羨《うらや》ましいね」

「なんだよそれ。羨ましいって……」

と、柾は眉をひそめてしげしげと草薙の顔を見た。

「あのさ……もしかして、吉川と……したの？　マジで？」

草薙は、今更なに云ってる、という顔で柾を見返した。

「謀《はかりごと》はベッドの中で、が古《いにしえ》からの鉄則なんだぜ。股《また》が開けば口も開くってなー」

「……うえぇ。想像させんなよ……」

「貴之のお稚児さんがなに云ってる」

にやにや顔。驚きのあまり、一瞬声を失った。

「たっ……貴之のこと知ってんの⁉」

「大学時代、経済の村木《むらき》ゼミで机を並べた仲だ。あいかわらずシイタケ食えないか？」

「そんなことまで知ってんの⁉」

「まあな。しっかし、意外だったなー。あいつだけは、死んだって他人のケツの穴は触らないと思ってたが」

「なっ……」

柾は目を白黒させてぱくぱく喘《あえ》いだ。

「な……なななななななっっ？」

「なんでわかったかって？　そりゃおまえ、あの徹底的に人づき合いの悪い四方堂貴之が一緒に住んでる美少年だぜ。お稚児さんに決まってるわな」

「た、ただの親戚だよっ。居候だって云っただろ」

「なんだ、もう籍まで一緒にしちまったのか？　堅そうなツラして、やるねえあいつも」

「だっから違うって！　甥と叔父なの、正真正銘のっ！」

「貴之は一人っ子だろ？　ああ、確か死んだ兄貴がいたっけな。でももう十五、六年も前に
……」

「………」

「……亡くなった兄貴の息子……か？」

「籍には入ってないけどね」

ついでに血も繋がっていない。だから、正真正銘というのは嘘だ。

草薙は感心したように大きく頷いた。

「……てことは近親相姦《そうかん》か。ますますスゲエな」

「あほ！」

どかんと蹴飛ばした。

6

貴之は遅くなるらしく、ダイニングのテーブルには、一人分の夕食が用意されていた。テレビをつけ、ぼそぼそと食事をすませて風呂に入り、貴之を待っているつもりで、いつの間にかソファでうつらうつらしてしまったらしい。

なんだか、脚のあたりが温かくて、そのくせ胸がスースーする。うーん？　なんで？　と薄目を開けると、目の前に貴之の顔があった。

柾が目を開けたのを知ると、上からのしかかっていた貴之は、美しい目を残念そうに細めた。

「なんだ。起きてしまったのか」

「ん……。……んんっ？」

ハーフパンツの中で、もぞもぞと貴之の手が動いている。パジャマ代わりのタンクトップがいつの間にか喉《のど》もとまで捲り上げられていた。

「ちょっ……た、貴之？　なにして……」

「悪戯《いたずら》だ」

「イタズラぁ？　やだ、眠い……」

「じゃ、眠っていなさい」

云ったなり、思いっきりのディープキス。まだ寝ぼけているところへもってきて、息苦しさに眉をひそめる。

「やだって、貴之っ……」

背中をげんこで叩くと、お返しとばかり、ひやりとした指の感触が尻の狭間をくすぐった。

「ひっ。エ、エロジジイ……っ」

「そんなかわいくないことを云うのは、このお口かな？」

喘ぎ乱れて緩んだ口の中に、ぬるりと舌が割り入ってきて、歯茎の裏側を舐め回した。首の後ろがゾクゾクッと、気持ちよさにそそけ立つ。ああもう——弱いところを知り尽くしてる。

舌でなぞるように上顎を舐められるとたまらなくて、思わず喉がのけぞった。逃げようとした舌が引っ張り出されて……こうなるともう、とろとろに蕩《とろ》けるまで赦《ゆる》してはくれない。

柾の胸のちいさなしこりを、温かい大きな手が、サラサラと愛撫している。じんじんと痺《しび》れるような熱い快感が、徐々に眠気を圧倒しようとしていた。貴之のシャツを摑んで押し退《の》けようとした手が、いつの間にか、縋《すが》りついている。

「は……あっ……」

やがて、貴之の唇は指の愛撫に追いついて、敏感な乳首を舐めねぶる。脇腹にはすでに二つ三つ、キスマークが浮いていた。

「お預けばかりでおかしくなりそうだ。眠ってしまってもいいぞ……眠れればの話だが」

「あ、明日授業あるんだよ」

「手心は加えよう」

ウソばっか！　そんなことといって手加減なんかしてくれたことなんかないくせに。

しかし、柾の抗議はあっさり無視され、甘くキスされながらあれよあれよという間にすっかり全裸に剝《む》かれているうちに、いつもすっかりその気にさせられてしまう。貴之のネクタイを緩め、シャツのボタンを外すのを手伝う。

シャツの下から現われる褐色の膚《はだ》。口にして云ったことはないけれど、貴之の体がとても好きだ。スポーツと武道で鍛えた充実した筋肉。逞しくて長い脚。その気になれば、片手で柾を軽々と持ち上げることもできる力強さを秘めた腕、厚い胸板……。同じ男として、妬《ねた》ましくもあり、そして恋人として誇らしくも思う。

好きだ——と、思う。愛されていることが誇らしいと。この体を愛することができるのは自分だけだと……思うたび、胸が芯《しん》から熱くなってくる。

「あ……」

貴之が最後の一枚を脱ぐ頃には、二人とも高まっていて、性急に肌を合わせた。押し入ってくる瞬間の、胸を突くような圧迫感も一瞬で、痺れにも似た快感にすぐにとってかわる。

「あ……貴之、あ、あっ！」

後ろ向きに這《は》わされ、突かれた。グイッと奥まで入ってきた熱いモノが、柾がまだそのポーズに慣れぬうちに律動を始める。

ピシャッ、ピシャッ、と尻に腿《もも》が当たる卑猥《ひわい》な音が大きく聞こえて、柾は恥ずかしさと苦しさと、それを上回る快感でいっぱいになる。

「や、やだ……」

「じきによくなる」

請け負ったとおり、柾はすぐに快感に身悶《みもだ》えることになった。しなやかに躍る背中にキスが降る。粘ついた液がとろとろと内腿を伝う。後ろから性器を扱く指づかいに合わせて、貴之の動きも大きくなった。荒い息使いも速くなる。

「あっ、ああ、ああぁっ！」

も、もうっ……！　言葉にできずにソファを掻きむしった手を、貴之の手が後ろからぐっと摑んだ。

「好き……貴之。好き、大好き……あぁぁ！」

「好きか？　愛してるか？」

テノールが耳に流れ込む。それさえも、一種の催淫剤《さいいんざい》。

「んんっ、好き……そこ、いい、いいよぉ」

「私もだ……とても……いいよ……」

「あっ、あ、あああ……！」

自制もなにもかも吹き飛んでいた。あられもない声を張り上げながら、手を取り合って絶頂へ駆けのぼった。


「貴之……身長いくつ？」

ソファに凭《もた》れ、向かい合う形で膝にのせた柾のビロードにも似た手ざわりの背中をゆっくりと愛撫しながら、貴之は彫りの深い瞼《まぶた》を開ける。

前髪がざんばらに額に落ちて、いつもよりずっと若く見えた。

「一八八くらいだな」

「二十センチも違うのかあ……」

春の健康診断では一六八・七センチ。去年からたった三センチしか伸びていない。毎日牛乳もがぶがぶ飲んで、せっせと小魚も食べてるのに。父親も小柄だったらしいから、このまま止まってしまうんだろうか。

「心配しなくてもまだまだ伸びるさ。……いや、あまり大きくなってもらっても困るか。無理なポーズが試せなくなる」

真剣な口ぶりだったので、なんだか可笑《おか》しくなった。

「あ……そうだ。貴之さ、草薙って人、知ってる？」

「草薙……？　芸能人の名前か？」

「ううん。ルポライターの草薙傭」

背中を撫でていた貴之の手が、ピタッと止まった。

あれっと目を上げた柾は、貴之の目がいつになく険しくなっているのに気付いて、びっくりして口を噤んだ。

(変なの。シイタケのこと知ってるくらい仲いいんじゃなかったのか)

貴之がこんな顔をするってことは、この二人——なにかありそうだ。

と、貴之が厳しい声で訊いた。

「草薙傭を知っているのか？」

「う、うん。えと……この前読んだ本の略歴に東大卒って書いてあったからさ。貴之と同い年だったから、もしかして知ってるかなーと思って」

「……ゼミで一緒だったことがあるが」

ぶすっとした表情で貴之は云った。

「ふーん。どんな人？」

「最近、帰宅が遅いようだが」

貴之は強引に話題を変えた。

「バイトを減らしたんじゃなかったのか？　どこでなにをしているんだ？」

「新しく始めたんだよ。単発のバイト」

「ただでさえ家にいる時間が短いというのに……なにもそう忙しくすることもないだろう」

まだなんとなくむすっとした様子。悪戯心が湧いて出て、耳朶を引っ張った。

「おれとあんまり一緒にいられなくてさみしいんだ、貴之？」

笑いながら顔を覗き込むと、

「……大人をからかうものじゃないと云ったはずだぞ」

「あっ！　あっ！」

半勃《はんだ》ちのまま押し当てられた貴之が、いきなりグイッと奥まで突き上げてきた。

「じょ、冗談っ、ごめん、冗談だって……あ、あっあっ！」

「聞かんな」

「い……やだ、もっ、シャワー……ああっ」

「まだ満足してないだろう？」

「した、したよ、もう！」

「さて、どうかな。ここは……ほら？」

「や……やだ、もうっ……もう、いらない、したくない……っ」

「よしよし、それならこのままで……わたしだけイカせることができたら、シャワールームへお連れしよう、お姫さま」

動きを止めてそう云った貴之の形のいい眉も、少し辛《つら》そうにひそめられている。

息を整えながら、生来の勝ち気で、柾は、よーしと挑んだ。

自分の腰に回っていた貴之の手を取り、見せつけるようにゆっくりと、口の中に突っ込んだ。

貴之は、目を細めて柾をじっと見つめている。

長い指をつけ根まで飲み込んで、舌を絡める。皮膚の薄い、指の股を舌でそっとくすぐると、飲み込んだ貴之の男根が、くくっと上を向くのがわかった。

フェラチオのときのように唇をきゅっとすぼめて、扱きながら指を引き抜く。つう……と引いた銀色の唾液《だえき》の糸が柾の細い顎にしたたった。

そのまま、ゆっくりと体を前に倒して、貴之の胸の乳首に唇を近づける。伸ばした舌で、ぺろりと舐めて……半分ほどの容量だった貴之のものが、ググッと張りつめた。アヌスが押し広げられる苦しさに喘いだのとほとんど同時に、唇にむしゃぶりつかれた。

「ん……っ」

思いきりディープなキスをかまされて、抱き上げられ、ひっくり返された。組み敷かれ、重みに喘ぐ。太腿を、胸につくまでグイッと持ち上げられて、今度は苦しさに喘いだ。ぐっ、と深く突かれて、ああ！　とのけぞった。慌てて脚を彼の背中に絡みつかせて、激しい揺さぶりに耐える。

「はっ……あああ、あああぁ……っ」

「っ……そんなに締めつけるな。すぐにイッてしまってはつまらないだろう？」

知らないよ、そんなの！　怒鳴ってやろうとしても、声はかすれ、Aの音になるばかりで。最奥まで突き上げられながら、ふと薄目を開くと、思わぬほどもの狂おしい、貴之の視線とぶつかった。

秀でた額に汗が滲んでいる。どこか苦しそうに……すこぅしせつなそうに細めた、切れ長の目。愛情に満ちた眼差しに、ギュッと胸を締めつけられる。

いつも、ギブアンドテイクでいたい——貴之のこんな瞳《ひとみ》を見るたびに、そんな想いが柾を熱くする。

貴之から与えられる、温かさ、安らぎ、快感も……受け止めるだけじゃ嫌だ。せめて、同じだけのものを返したい。

指先にまで満ちる貴之への想いを、どうやって示したらいいだろう。言葉にさえ上手くできなくて、セックスさえ思うに任せずに、甘えるばかりで。

一足飛びに歳を取りたい。貴之に見合う、器と心と体を持ちたい。貴之が誇れる恋人にな

りたい。

けれど、焦るのは心ばかりで、もどかしさに、いつも泣きたくなる。そして、貴之はそんな駄々をすっぽりと包んでしまうほどに大きくて……柾はますます、自分の存在のちっぽけなことに、悲しくなるのだ。

(貴之……貴之)

好きだ……荒い息の合間に、首を伸ばして、唇に縋りつく。熱い舌が絡み、やさしく咬んで、応えてくれた。

「は、あ、あっ……ああ、あっ……」

「柾……柾……」

「も、やっ……苦しっ……」

逃げようとする腰を、大きな手で両側からがっしりと摑まれ、これ以上になく引きつけられて、押し込まれたものの容量の大きさに、身も世もなく喘ぎに喘いで。

おかげで翌朝は、トイレへも抱いて連れて行ってもらわなければならないような有様だった。

明け方まで続いた執拗《しつよう》でハードなセックスは、慣れた貴之によって、粘膜まで傷つけるということはなかったけれど、細い足腰にかなりのダメージを与えていた。さすがに貴之もやり過ぎたと思ったのか、朝食の時間が過ぎても起こしに来なかった。

九時頃になってようやくベッドを出られるようになり、朝食もそこそこに炎天下の中よたよたと学校に辿り着くと、二限目の予鈴が鳴りはじめていた。金曜の二限は化学だ。ミヤッチの授業は予鈴前に着席していないと、遅刻扱いにされてしまう。

死力を絞って三階まで駆け上がると、教室からクラスメイトたちがドヤドヤと出てきた。

「おーすオカ。化学、ミヤッチ休みで体育と振り替えだぜ」

「げ〜っ、マジで？」

思わず廊下にへたりこむ。体育はバスケかバレーの選択だ。こんな足腰で走れるわけがない。

「悠一は？」

「あれ？　さっきまでいたんだけどな」

「どっかでサボってんじゃねーの？」

サボるとしたら、屋上か図書館だ。この時期だから、クーラーのきいた図書館で昼寝でもするつもりなんだろう。悠一はスポーツが不得意なわけじゃないのに、体育の授業は単位ギリギリしか出ない。

「おや岡本くん。きみもサボタージュ？」

赤煉瓦《れんが》の壁に蔦《つた》を這わせた古めかしい建物に入っていくと、奥の司書室から眼鏡美人の司書、芥川《あくたがわ》が顔だけ出した。美人、といっても男だ。

「さっき佐倉くんが昼寝させてくれって来たよ。振り替え授業だって？　いてもいいけど、見つかっても庇わないからね」

「うん。センセ、コーヒー奢ろうか？」

「賄賂《わいろ》はいいから、後でラベル貼り手伝って」

リベラルな司書は、校内で一、二の人気者だ。

柾はぶらぶらと館内を回った。インクの匂いのする静寂《せいじゃく》は、貴之の書斎とどこか似ている。

ふと、社会学のコーナーで立ち止まった。

（これ……？）

草薙傭の名の入った本が、隅のほうに収まっていた。目立つ真っ赤な背表紙、タイトルは『ジャンク天国』。

びっくりして手に取ると、

「草薙傭のなら、けっこうおもしろいぜ」

後ろの棚の奥から声がしたので、二度びっくりした。悠一があくびをしながらのっそり出てきた。

「悠一、草薙傭知ってんの？」

「おれが読んだのは違う本だけど。企業モノなんかもやってるライターだよ。けっこう有名だぜ」

「へえ……」

柾は『ジャンク天国』をパラパラめくった。悠一が褒めるってことはかなりのことだ。

ああ見えて、ちゃんとしたライターだったのか。人は見かけじゃわからないものだ。

「草薙の著書で有名なのはこっちだな。……ああ、これ」

悠一は棚の上のほう、「あ」行に紛れていた黒い背表紙の本を手に取った。

『ふるえる人』。

「なんか知らないけど、草薙って麻薬モノ多いんだよな」

「へえ……」

『ふるえる人』は、昨年の大谷ノンフィクション賞を受賞していた。悠一によるとジャーナリストの登竜門といわれる賞なのだそうだ。

内容は、十代の少年少女が麻薬中毒になってから立ち直るまでの、赤裸々な記録だった。施設の入退院をくり返す十六歳の少女、幻覚に悩まされ妹を絞殺した十七歳の少年の生々しい告白、一度は更正したものの、学校の成績が落ちるのを恐れて再び覚醒剤に手を染めた十五歳の高校生……。

緻密《ちみつ》なインタビューに加え、おぞましいような写真が添えられている。

比べて、五年前の『ジャンク天国』はクスリの売人たちを追った軽めのルポだ。書き出しを少し読み比べただけでも、『ふるえる人』とはずいぶんタッチが違うようだった。

「そういえば、聞いたか？　吉川、クスリの常習者じゃなかったみたいたぜ」

手にした本をパラパラめくりながら、悠一が云った。

「え……」

「吉川の部屋の中や遺品からもクスリは出てこなくて、腕にあった注射の針の跡も新しかったらしい。警察は、一緒にラブホ入った奴がクスリを使って、意識がなくなったのを見て慌てて逃げたんじゃないかって見方みたいだな。ホテルの監視カメラに画像が残ってるだろうから、そのうちはっきりするんじゃないか」

「おーい二人とも。ラベル貼り頼むよ」

司書が奥からおいでおいでする。

「先生、おれたち自習中ですよ」

「手ぶらで来てなにが自習かね。ほら、早く」

「はいはい、ったく人使い荒いんだから」

悠一はぶつぶつ云いながら本を書架に戻した。

「悠一――いまの話、間違いないのか？」

「え？　ああ……と思うぜ。葬式であいつの親が警察関係者と話してたのを立ち聞きしたんだ」

柾は下唇を吸い込んだ。吉川は常習者じゃなかった……ってことは……。

ドクン、と心臓の鼓動が跳ね上がった。

「おい、オカ？　どこ行くんだよ。ラベル貼り手伝えって……おい」

悠一が奥から顔を出す。柾は財布を引っつかんで外へ走り出た。

口封じ、という柾の推理に、草薙はテレビの見過ぎだと一笑に付したけれど、吉川がクスリをやってなかったなら、誰かに殺された可能性があるってことだ。

コインロッカーに隠していた大量の覚醒剤。それを知った誰かが、クスリを奪おうとして吉川を殺した――。一袋1キロとして、時価数億円だ。あり得なくはない。

（あれ？　でも……クスリやってなかったんだったら、あいつ、なんの目的であんなバイトしてたんだ？）

覚醒剤常習者でクスリ欲しさに……っていうならわかる。あの大量の覚醒剤を持ち出したのも、半分は売りさばいて、自分で使うためっていうなら、もっとわかる。

でも常習者じゃなかったのなら、バイトは単純に、金のため。覚醒剤を盗んだのも金のため……なんでそこまでして大金が必要だったんだ？

大手企業の社長の御曹子。金には不自由していなかったはずの高校生が、体を売ってまで、覚醒剤を盗んでまで、金を必要とした理由って……？

図書館の入り口の公衆電話、テレホンカードを突っ込むのももどかしくダイヤルする。

呼び出し音一回で、電話は繋がった。柾は走ってきたのと興奮とで、勢い込む。

「もしもし草薙さんっ？　おれっ」

「よーお」

出端《でばな》を挫《くじ》くような、のんびりとした声が返ってきた。

「以心伝心かな。ちょうどボウヤのポケベル鳴らそうと思ってたとこだぜ。ん？　授業中じゃないのか？」

「いま学校。ポケベル？　なに？　おれになんか用？」

「おう。実はさっき、例の皆美ちゃんに会ったんだが、ありゃダメだ。インタビューどころかニコリとも笑いやしねえ」

三万ムダにしちまった……とあくび混じりにぼやく。うなじの寝癖をバリバリ掻いているのが見えるみたいだ。

「このおれのテクをもってしても、喘ぐどころか汗ひとつかかなかったのは初めてだぜ。ありゃ、クスリキメてねえと感じないタイプだな。そんで第二弾だ。鳥居って店長とツナギつけられねえか。店長じゃこっちから指名するわけにいかねえし」

「わかった。やってみる」

「で、そっちの用は？」

「あ、うん。吉川のことなんだけど」

「トールの？　なんだ」

悠一から得た情報と自分の考えを大慌てでまとめようと上唇を舐めたところで、カードの残り度数がゼロ点滅しているのに気付いた。

「会って話す。カード切れそうなんだ」

「わかった、六時に直接うちに来てくれ。外階段から上がってこいよ。鍵開けとくから」

そこで通話が切れた。柾は受話器を置いて、しばし考え込むように、窓の外の景色へ目を向けた。押し戻されてきたテレホンカードが、力を込めた指の間でぐにゃりと曲がった。

7

一度帰宅して着替えたために、デイトナに着くと五時を少し過ぎていた。予定外だったので、着替えを持ってきていなかったのだ。

事務所では初めて見る顔の少年が一人でゲームをしていたが、すぐに指名の電話で出ていった。矢島は留守だった。皆美もいない。

「社長がさー、柾クンは、いつ来るんだいつ来るんだってうっるさくてさー」

鳥居は暇だったらしく、コーヒーを淹れてくれた。

「今日来るんじゃねーかな。気をつけろよお、あの人、手ぇ早いから。ここのバイト、ほとんど社長のお手つきなんだぜ」

「あの皆美って人も？」

「そー。でもおれ、あいつ苦手なんだよね。なーんかスカシてさー。なーんで年下から、鳥居！　なんて呼び捨てにされなきゃなんねーんだっつーの。矢島さんのコレだからよー、まあ、立ててやってっけど」

日頃のうっぷんが溜まりに溜まっていたのか、鳥居は一気にまくし立てる。

「おれまだ一年くらいだけど、そんときからでかいツラしててさ。十九なんて云ってっけど、どうだかな。二十歳過ぎてんじゃねーの？　社長と一緒に住んでんだけどさ、すげーの、世話女房。でも社長のほうは切れたがってるっぽいね。だってよー、惚《ほ》れてるヤツにカラダ売らせるか、フツー？」

それもそうだ。

「社長って好みのコ見るとすぐ追っかけ回すんだよな。皆美のことなんかいい金ヅルくらいにしか思ってないね、ありゃ」

「へー。鳥居さんて観察力が鋭いんですね」

顔に似合わず。

「そっ？　ま、ね。オレこれでも一応、ジャーナリスト志望だから」

「ジャーナリスト？」

「おれってさー、組織で埋没するのが似合わないっつーか、人に使われるより使うヒト、っていうかー。一匹狼でやりたいワケよ。こう見えて、物書く才能もあるんだよね」

「そう……なんですか」

「中学んとき作文コンクールで知事賞貰ったんだぜ」

「へえー……」

「おれも来年大学卒業だしさー、就職するならマスコミ関係って決めてんだけどさー、コネないと難しいじゃん？」

「あ、マスコミの人、知り合いにいます！」

柾は勢い込んで云った。

「ジャーナリストっていうかルポライターなんだけど、新聞社に勤めてたこともあって、なんかの本が賞を貰ってるって云ってました。よかったら紹介しますけど」

「マジで？　そーだなー。でもなーそいつ……ホモじゃねーよな？」

疑り深そうな目で柾を見つつ、貧乏揺すりをする。

「な……なんで？」

「だってよー、見返りにカラダ求められたりしちゃったらマジーじゃん？」

ねーよ。

「ま、今後の参考に会うだけ会ってみっかな。じゃーさ、これオレの名刺。携帯の番号も書いてあっから」

「はい！」

柾は笑顔で名刺を受け取った。

(やったぜ草薙さん！　ボーナスもんだよ)

ピンク色の名刺をいそいそとズボンの尻ポケットにしまう。これでもう用はすんだ。早く草薙から指名の電話が鳴らないかなと待っていると、玄関のチャイムが響いた。

「よお」

「あ、来てますよ、カレ」

磨りガラス越しのひそひそ声。矢島がひょいと顔を出した。

「やあ。もう会えないかと思ったよ」

……二度と会いたくなかったよ。

げんなりする柾の前に、矢島は笑顔でやってきた。

「あんまり来ないんだね」

矢島は柾に肩をくっつけて座る。鳥居は、すーっと隣に消えてしまった。

「バ、バイトかけ持ちしてるんで……」

「辞めちゃえよ、そんなバイト。うちで稼いだほうがずっと金になるだろ？」

「は、はあ……まあ」

矢島は、柾の耳に齧りつくように唇を寄せてくる。ぞーっと二の腕に鳥肌が立った。

「そんなに金が欲しいんだったら、もっとおいしい話があるんだけど、どうかな」

「どっ……どんな？」

ふっと、耳に息を吹きかける。

「おれの……愛人」

おえぇぇぇぇ〜〜〜〜〜っっ。

「固まっちゃって。ウブだね。かわいいなあ」

矢島はにやにやしつつ、

「ああそうだ。さっき飴《あめ》貰ったんだけど、いる？」

ベルサーチの抱える型のバッグから、ピンク色と黄色のキャンディを取り出して、手の平に載せた。

「どっちがいい？　レモンと苺《いちご》」

「……じゃあ、苺……」

「はい、どーぞ」

矢島がわざわざ包みをほどいて差し出してきたので、口に入れないわけにいかなくなった。仕方なくピンク色のキャンディを舌の上で転がす。なんだか微妙な味だ。

「なあ。いまの話、真面目に考えてみないか？」

「は、話って？」

膝に膝をぐっと押しつけてくる矢島から逃げるようにソファをいざる。草薙さん、頼むから早く電話しろよ！

「おれの愛人になるって話」

「でも矢島さんは、恋人と一緒に住んでるって……」

なんだろう。口の中が熱っぽい。

「鳥居が喋ったんだな。まったく、あのお喋り。皆美のことなら、お手伝いみたいなもんさ。

ま、家具と一緒だな」

カチンときた。皆美のことは好きなわけじゃないが、人を家具扱いするヤツは大嫌いだ。

「おれ、そういうの好きじゃないから」

「皆美とは別れるさ。君さえその気になってくれるならね」

云いざま、顎をがっしりと捕らえられ、唇を押しつけられた。あッと思ったときには手首を摑まれて、男の体の下に組み敷かれていた。

「なにすんだよッ！」

「かわいいな。……ほら、こうすると感じるだろ？」

「ふざけ……ッ！」

耳朶の裏を、小指でツツゥ…となぞられる。ぞわぞわっと寒気が走る。が、その寒気の中にほんの一瞬快感をとらえて、柾は竦み上がった。

まさか、そんな……！　男相手なんか、貴之以外なんか、ぜったい感じないはずだ！

「すぐに気持ちよくなる。感じて感じて、自分からちょうだいって腰を振ってねだるようにしてやるよ」

「やめ……ッ」

「なにしてんだよッ！」

金切り声がした。

磨りガラスの間仕切りを震える手で摑んで、真っ青になった皆美が、震えながら柾を睨みつけていた。

「この……ドロボウ猫ッ！」

皆美は靴のまま上がり込んできて、組み敷かれた柾のTシャツの襟もとを摑み、鋭く手を振り上げた。

矢島の胸の下、逃げることもできず、うわッと目をつぶった柾だったが、皆美の振り上げた手は寸前で矢島に払われた。

「やめろ、バカ。なにしてる」

「はなしてよ！　ぼくの宏明に色目使いやがって……はじめっから気に入らなかったんだ！」

なにが色目だ！　ふざけんなッ！　怒鳴り返す代わりに、膝で矢島の腹を押しやった。飛びすさり、玄関へ走る。

「おい、待てよ——ったく、なんなんだおまえは、邪魔ばっかりしやがって」

「なにが邪魔だよ！　なんだよ、あんなガキ！　どこがいいのさッ」

「キャンキャンわめくな。耳障りだ」

「あんなに約束したじゃないか、もう浮気しないって！」

「うるさいって云ってるだろうが！」

ビシッ、と頬を張る音を背中に聞いたが、振り返る余裕はなかった。スニーカーに足を突っ込んで、無我夢中でマンションを飛び出した。


坂を駆け下りる途中で、頭がクラクラしはじめた。なんだか息が苦しい。やっとでタクシーに乗り込み、西新宿……と力のない声で告げる。

「ちょっとお客さん、具合悪いの？」

「へいき……です……」

バックシートにうずくまって、柾は首を振る。熱っぽい。

「吐くんだったら云ってよ、すぐ停まるから」

運転手は迷惑そうに云って、そろっと車を出した。

気持ちが悪い。体がふわふわして、目を閉じているのに視界がぐるぐる回っている感じだ。

ラジオの曲が、うわぁん、うわぁん、と頭の中で大反響している。

新宿に着く頃には、スピーカーを抱きかかえているみたいになっていた。体の芯がどんどん火照《ほて》ってきて、呼吸が荒くなる。

突然、だった。ずくん、と柾の体の奥底で、なにかが蠢《うごめ》いた。アッ……と思わず自分の肩をかき抱いた。全身をなにかが駆け抜けるような感じ。

「どうするの？　駅まで？」

運転手の声でハッと我に返る。いつの間にか、都庁がすぐそこに見えていた。公園の辺りで降ろしてもらい、ときどきうずくまるようにしながら、ようやく〈ＭＡＸ〉へ辿り着く。

北側の外階段から二階へ上がった。草薙は留守だった。柾はよろよろとベッドに倒れ伏す。肌とシーツがこすれる甘美感に、思わず声を上げていた。

「あぁッ……!?」

触れただけで、ぞくぞくッと腰に震えが走る。柾は冷たいシーツに頬を押しつけて喘いだ。

（なに……なんなんだよ、これ……っ）

勃起《ぼっき》した股間をジーパンの上から押さえつける。たったそれだけで、柾はあえなく爆発した。

（な……んでっ？）

下着の中をぬるりと精液が伝った。すぐにまた、新たな気配……なんで？　どうして!?　こんな……なんでだよ！

（やだ、いやだ……だれか……っ）

天井の電気がパッとついた。柾は慌てて布団を被った。その間にも股間は、主の意志に反し続けていて。

「――ボウヤ？」

草薙の声。みし……と床が鳴る。

「早かったな。どうした、暑っ苦しいだろーが、頭っから布団被って」

「…………」

「ボウヤ？」

なにも知らぬ草薙が、シーツの上からそっと背中をさする。柾は飛び上がりそうになった。

「具合悪いのか？」

「……な…なんでもない……」

「だったら出てこいよ。メシ食いながら話そうぜ。腹へっちまった」

「やっ……！」

シーツをめくろうとする草薙に抵抗して、力いっぱいシーツの端を摑む。

布が首や半袖から出た腕の皮膚をこするだけで、濃厚な愛撫にも似た感覚が生まれてしまう。体のあさましい変化に、柾は泣きそうになった。

（なんで……なんで⁉）

漏れそうになる嗚咽《おえつ》に、前歯をぐっと嚙み縛る。

「やっ……やだっ！　いやだっ！」

「なにがヤなんだ。出てこい、ほらっ」

下半身を庇うように膝を丸めたせいで、脚がお留守になった。足もとのほうからシーツを剝がされ、ゴロンと横倒しになる。隠すように腿を合わせたが、男の体の構造上、すべてを隠すことはできず――

青臭い精液の匂いが、ふっと広がった。草薙の手がピタッと止まる。

耳にカーッと血が集まった。

「……こりゃ失礼」

柾はますます真っ赤になって、草薙の胸をドン！　とどついた。

「ちがうッ……」

「ま、思春期ってなそんなもんだ。恥ずかしがるこたぁないさ」

「だからちがうんだってっ！」

「違うってなにが……」

布団を戻して出て行きかけた草薙は、ハッとしたようにまた戻ってきた。柾の顎をとらえ、朦朧《もうろう》としている目を覗き込む。

「クラブでなにか飲まされたのか」

柾は涙目で首を振った。

「わ……かんな……」

「わかんないはずがあるか。落ち着いてよく考えてみろ。なにか飲んだだろう。コーヒーとか、ジュースとか」

「あ……飴……なんか、変な味の……」

「MDMAか」

チッと舌打ち。

「セックス・スタッフだよ。あそこでなにか出されても口にするなと注意し忘れた。おれのミスだ」

興奮剤の一種で、飲むと触覚に対して異常に過敏になる……説明する草薙の声が、ふわあんふわあんと遠くに聞こえる。これもクスリのせいかなんて分析する余裕もない、ただもう下腹を突き上げる苦しさに身悶《みもだ》える。

「我慢するな。そいつはクスリのせいなんだ、恥ずかしがらなくていい、処理しちまえ」

いやだ。柾は涙でぐしゃぐしゃの顔をシーツにこすりつけた。

「クスリが切れるまで二時間はかかる。そのままじゃ辛いだけだぞ」

「や……やだ……もう……っ」

「ボウヤ、いい子だから」

「も……たすけ……っ」

貴之……っ!

思わず差し伸べた手を、草薙が摑んだ。

強く握り返してきた手にしがみつき、腰をくねらせて欲望の先端を、逞しい太腿にこすりつけた。たったそれだけで、目も眩《くら》むような快感に貫かれ、おののきながら歯をくいしばって泣いた。草薙がなだめるように柾の頭を抱き、温かくて大きな手を股間へ潜らせる。

「は……あっ……」

よく動く指が、ゆっくりと性器を扱いた。全身が、待ち望んでいた快感を得て大きく震えた。苦しげに浅くくり返していた呼吸が、安堵《あんど》の混じった喘ぎにすり替わる。

耳朶を舐めねぶりながら、指はリズミカルに扱き続ける。ますますしがみついて、キスを求めて――滲みはじめた淫らな液体によって、草薙の指の動きはいっそう滑らかになる。

「あ……い……いいっ……」

めくるめく色彩のウェーブが、黄色がショッキングピンクがパッションブルーが、きつくつぶった目の裏で躍る。

「あっ……あっ、あっ、ああっ」

もう一方の手でアヌスをまさぐられ、柾はすすり泣きながら放った。一度、二度……そして三度めは口の中へ。

「眠っちまえ、いい子だから。忘れて眠るんだ……」

バリトンの低い囁《ささや》き。涙を拭う指が優しい。

柾の意識は、ゆるやかな螺旋《らせん》を描きながら、暗闇《くらやみ》にすべり落ちていった。

目を覚ますと部屋の中はすっかり暗くなっていた。

(何時……だろ……)

左手を伸ばし、手探りで目覚まし時計を取ろうとして——ハッと気づいた。

(そうだ、おれ……!?)

草薙の部屋だ。

慌てて起き上がり、ベッドから下りようとして、下がやけにスースーするのに気づいた。シーツをめくってみると、下着もジーパンも着けていない。

(あ……)

ひやりとしたものが胸に広がった。草薙の前でさらした醜態をまざまざと思い出し、うわーっと叫びたくなった。

クスリはすっかり抜けていて——ほとんど夢見心地だったけれど、なにをしたか、されたかは……しっかり覚えている。あれもこれも、全部。

クスリのせいなんだからしかたなかったとはいえ、ううう……赤っ恥だ。穴があったら入りたいっ。

「よーう、目が覚めたかあ？」

草薙が、足でドアを蹴っ飛ばして入ってきて、ジーパンを放った。シーツを被ったまま、柾はドキッと体を硬くする。首まで赤くなっているのが自分でもわかる。

「おまえのジーパン洗っちまったから、それ穿《は》いてろ。一応洗濯はしてある」

「……うん」

柾は俯《うつむ》いたまままもぞもぞとジーンズに手を伸ばした。恥ずかしいのと気まずいのとで、顔が上げられない。

「頭痛はないか？　眩暈《めまい》も？　喉は？　オーケー、バッドトリップしなくてなによりだ。たいした量じゃなかったようだな。そのぶんじゃ中毒性や後遺症は心配はないから安心しろ」

草薙は簡単な診断を下し、悪かったな、と呟《つぶや》いて、柾の頭をくしゃっと撫でた。思わずパッと目を逸らす柾を見て、草薙はニヤッと好色そうな笑みを浮かべた。

「ふーん。そうやってしおらしくしてると、女の子みたいだな」

「なっ……」

よくも気にしてることを！

「んでも、んなわけねえか。バッチリついてたもんな。かわいいの」

「かわ……!?」

「かーいい、かーいい。赤ん坊のオシャブリかと思ったよ。でもま、咥えるにはちょうどい

いわな」

「ふっ……ふざけろ、バカ野郎っ！」

豪快な笑い声に、思いきりジーンズを投げつけた。おかげでさっきまでのわだかまりなんか、どこかへ吹き飛んでしまったけれど。

膝が抜けたジーンズは、三回も折り返さなければならなかった。そのくせ、膝の位置が変わらない。くそ。

8

「これ、鳥居の名刺」

〈MAX〉で軽く食事を摂って、家に送ってもらうまでの道中、やっと本命の話題が出た。

「あいつって、ジャーナリスト志望なんだって。あんたのこと話したら、話を聞きたいってさ……就職の世話してほしいみたいだった」

「やなこった。ムダムダ」

「なんで？　まだ会ってもないじゃん」

柾が笑うと、草薙は真面目な口調で、

「自分の足で仕事も探せないような奴が使いもんになるか。少なくともライターにゃ向いてねーな」

「おれ、草薙さんの本、読んだよ」

柾はふと云った。

「学校の図書館に置いてあった……『ジャンク天国』と『ふるえる人』。有名人だったんだね。おれの友達も知ってた」

「惚れ直したか？　乗り換えるならいまのうちだぜ」

「やーなこった。鳥居がさ、あんたにカラダ求められたらどうしようって怯《おび》えてたよ」

「そりゃ生憎《あいにく》だったなあ、おれのカラダは、二十歳以上は立ち入り禁止でな」

そして柾を覗き込んで、ニッと笑った。

「ボウヤはじゅうぶん圏内だな」

「ばっ、前見て運転しろよっ」

「そういや、なにか話があるって云ってなかったか？」

「あ……そうだ、忘れるところだった。吉川のことなんだけど……あいつ、麻薬中毒じゃなかったんだよ。注射の跡も古いのはなくて……警察はホテルに一緒に入った客が吉川に麻薬を射ったんじゃないかって」

「ほおー」

「ほお、ってさ。おかしいと思わない？」

「なにが？　運び屋がクスリで死んだってなーんも不思議じゃねえな」

「ちがうよ。死んだんじゃない。殺されたんだ……矢島に」

「唐突だな。なぜ矢島なんだ？　動機は？　矢島がトールを殺すメリットはなんだ？」

おもしろがるような声。

「ボウヤはよっぽど殺人事件にしたいらしいが、トールを殺したところで、矢島にメリットはないぜ」

「……あるよ」

柾は、乾いた唇を吸い込んだ。どんなぁ？　とからかうように訊いてくる草薙の横顔を、静かに振り返る。

「吉川、五キロの覚醒剤、持ってたんだ。あいつが死んだ日に、駅のコインロッカーで見つけた」

「……なんだとぉっ!?」

「うわわっ、ま、前、前っ！」

反対車線に蛇行したスカイラインのフロントぎりぎりを、白のベンツがかすめていった。

パパパーッ、と盛大なクラクション。

「あっ…ぶねー……死ぬかと思った」

草薙はハンドルを戻して、左手で柾のTシャツの襟を引っ摑んだ。

「あぶねーのはおまえのほうだ！　どうして黙ってた!?」

「い、云おうかどうしようか迷ってるうちに今日になっちゃって」

「おまえなあ……」

路肩に車を停めて、草薙はばったり、ハンドルの上に倒れ伏した。

「もしバレて殺されたらどーするつもりだったんだ!?」

「なんだ……やっぱり草薙さんも吉川が殺されたと思ってたんだ」

「理由ができちまえばな。そりゃ間違いなくデイトナから掠め盗ったブツだぞ。五キロだとぉ？　時価数億だ、やつら血眼《ちまなこ》になって探してるぞ。わかってるのか？」

「大丈夫だよ。おれと吉川がクラスメイトだったの知ってる奴なんかいないし、おれがクスリ持ってるなんて、誰も気付いてないってば」

「殺されないまでも変なクスリ飲まされたろうが！」

「え、だって、それは草薙さんの責任なんだろ？」

「〰〰〰っ」

草薙はハンドルで額を押さえた。

「クソガキ……。死んだって香典出してやらねえぞ」

「死んだ後金もらったって嬉しくないよ」

「ったく……その減らず口はなんで減らねえんだ。で？　ブツはどうした」

「うちに隠してある。こんな……一キロくらいの袋詰めが五つ。こないだ見せてもらったみたいな塊」

「そのことは絶対に口外するんじゃねえぞ。間違っても試してみようなんて思うな。わかってるな？」

思わぬ厳しい目で見据えられ、柾は少々ムッとした。

「わかってるよ。それより吉川のことだけど……」

「ああ……。おおかた、横領がバレて始末されたってとこだろう」

草薙はシャツのポケットから煙草を出して、百円ライターで火をつけた。キャメル。口の端から、苦そうに煙を吐き出す。

「警察に持っていくつもりだったら、コインロッカーになんか隠さない。だからといって、五キロものブツを一人でさばくのは手間だし危険だ。クスリの売買にはルートがある。出所の知れないブツが出回るのは歓迎されないんだ。トールのバックに誰かいたってのも考えにくいな」

「じゃ、警察に届けるため?」

「いいや。証拠品なら、ワンパケだってじゅうぶんだ。なにも五キロも盗む必要はない。重いしかさばるし、持ち出すだけで一苦労だ」

「じゃあなにが目的だったんだろ……証拠品でも金でもないなら」

草薙はふーっと紫煙を吐き出した。

「いいや。金さ。時価数億だぜ? 自分でさばくのが無理なら、そのスジの人間に買ってもらおうと思うのがセオリーだ。だが昨今の不景気でヤクザも財政難だ。五キロのクスリを買う金がある奴となりゃそんなに数はいない」

「だからなんなんだよ?」

もったいをつけるような云い回しを、むくれてせかす。

「おそらくトールは、盗んだブツをもとの持ち主に売りつけようとしたんだ。矢島かその仲間に呼び出されて、盗んだクスリの在処《ありか》を吐かないんで始末されたんだろう」

柾はゴクリと生唾を飲み込んだ。

始末された。——人の口から聞くと、改めて事の重大さに気づかされる。

やっぱり、吉川は殺されたのだ。腹に、冷たいものがじわりと広がった。

「でも……あいつ、どうしてあんなバイトしてたのかな」

「ん？」

「吉川の父親は、けっこう大きい会社の社長なんだ。はじめは、クスリ欲しさに売りしてたのかって思ってたけど、そうじゃなかったんなら、あんなバイトする必要ないだろ？」

「金はいくらあったって困らんだろ」

「かもしれないけど……でもデイトナって、政財界の大物が多いって云ってたよね？　下手したら親の知り合いに会う可能性だってあるよ。よっぽど金に困ってなきゃあんなヤバいバイトしないと思う」

「なら、なにか理由があったんだろ」

「だから、その理由ってなに？」

「ボウヤは推理作家志望か？」

「ちがうよ。なんで？」

「なんで？　ばっかりだからさ」

草薙は面白そうに口端を上げて、二本めの煙草に火をつけた。

「ま、なんだっていい。ともかく、二度とあのクラブへは行くな」

「なんで」

「なんでもあるか。トールは十中八九、矢島に殺されたんだぞ。例のブツはおれに預けて、身の周りから一切、デイトナとトールに関するものを処分しろ。ポケベルも捨てちまえ。しっかし、エクスタシーくらいですんでなによりだったな。ボウヤになんかあってみろ、貴之に八つ裂きにされちまう」

「……やだ」

「ああん？」

「あのクスリは、警察に持ってく」

柾は、ダッシュボードについた傷をじっと見つめたまま口を開いた。

「吉川がロッカーに預けてたってこと話すよ。証拠品があれば、警察だって矢島たちのことほうっておけないだろ？」

「あのなあ……ちっとは頭を使え。仮にも進学校の生徒だろう」

草薙はふーっと煙草の煙を吐いて、運転席の窓を少し開けた。紫煙が闇に吸い出されていく。

「同級生がロッカーに預けてた五キロの覚醒剤を見つけました。それはどうもご協力感謝します、で放免されるとでも思ってるのか？　確かに証拠品が出りゃ警察も腰を上げる。ただし、ボウヤとクラブとの関係も調べられるんだぞ。矢島に運び屋をやってたと偽証されてみろ。どうなるかわかるだろう。それでなくても大がかりな売春組織だ。親や学校になんて弁解するつもりだ？」

「そんなの、調べればおれは無実だってすぐ……」

「高校生が麻薬や売春クラブに関わりがあったってだけで、世間はボウヤをそういう目で見る。たとえ無実が証明されようが不起訴になろうが、一度ついたレッテルはちょっとやそっとじゃ剝がせねえんだぞ」

草薙は諭すように淡々と云った。

「べつにトールと無二の親友だったわけじゃねえんだろ？　触らぬ神になんとかだ。いいな。これ以上関わらないうちに手を引け」

「なんだよ。そんな冷たい人だとは思わなかった」

「おれをなんだと思ってたんだ？　ただのケチなルポライターだよ。ボウヤはなにか？　正義のヒーローにでもなったつもりか」

「……そんなんじゃないよ」

トーンダウンした声に、草薙は口端の笑いを引っ込めて柾を見た。

「そんなつもりじゃないけど、だけど……あのとき、あんなバイトやめろって云ってたら、あいつは死なずにすんだかもしれない。絶対ヤバイって思ってたのに、なんにもしなかった。なんにも云わなかった。誰にもバラさないなんて約束守らなければ、吉川はまだ生きてたかもしれないんだ。……なんにもなかったことになんかできないよ。草薙さんだって少しは責任感じてるんだろ？」

「ないね。トールとはあくまでビジネスだ。盗んだ覚醒剤で恐喝しようなんて考えるガキの仇《かたき》を取る義理はないな」

「そーかよ！」

ムッカーとした。あッたまにきた。

足でバーンとドアを開け、車を降りた。ドアがへこんだかもしれないが知るものか。

「歩いて帰る！」

「おいおい……ったく気が短けえなあ。待てよ」

「なんだよっ！」

「忘れ物」

ポケベル。ふんだくろうとすると、サッと引っ込める。空振り。ますますムカッとして、悔しまぎれに車の横腹を蹴っ飛ばした。

「なんだよっ」

「デイトナの電話番号は4007……だったな」

「知るかっ」

「それ見てみろ」

投げてよこしたポケベルのディスプレイを一瞥して、柾はギクッと顔を強張らせた。

〝コロス〟――と、カタカナの表示が浮かんでいたのだ。

「一度や二度じゃない。六時十五分から立て続けに……二十回以上は入ってる。呼び出し音消してたろ。だから気づかなかったんだな」

「……」

〝コロス〟――〝コロス〟。〝コロス〟、〝コロス〟。……発信元には、デイトナの番号が表示されていた。

「な……なんだよ、これ……誰がこんなイタズラ……」

「イタズラじゃない。脅迫だ。わざわざデイトナの電話使って、誰が送ったかわからせようとしてる」

ポケベルを持つ指から、ひやりと血の気が引いていった。

「どうやら敵は一人じゃないぜ。――乗れよ。少し頭を冷やすんだな」

街路樹がザワザワと、生温かな風に騒いでいた。

9

「うらあ――――ッ！　どおッけえぇ――ッんにゃろおおぉーッ」

ドリブルとは思えぬ猛スピードで、敵も味方もかまわずバンバン跳ね飛ばしながら、柾は敵陣へ突進していく。

まさに火のついた矢の勢い。審判も柾の勢いを恐れて見て見ぬふりで、コートの中は無法地帯と化している。

「こっえぇ……」

「なあこれってバスケだよな。ドッジボールじゃないよな」

「オカ……目ぇ血走ってねえ？」

「近づくなよ。ケガするぞ」

コートの中でのヒソヒソ話。

果敢にアタックして玉砕し、コートの外で唸《うな》っている負傷者が七人。早々に戦線離脱して見学に回ったのが十数名……コートはいまや、ファイブ・オン・ワン状態だ。

「うりゃあッ！」

気合い一撃《いちげき》、ゴールに突進。ドリブルというよりほとんどタックルだ。

「させるかあッ！」

「囲め！　つぶせ！」

「右！　右！」

「どっけえぇッ」

いっせいにワッと潰しにかかってきたディフェンスをかいくぐって柾がぶん投げたシュートは、ゴールリングに跳ね返され、リバウンドしたボールが隣のコートの審判の頭を直撃。バタンと後ろに倒れてしまった。

「だーっ！　退場！　オカもう抜けろっ、ゲームになんねーよっ」

「ちぇ〰〰っ……」

「荒れてるなー」

追い立てられるようにコートから出てきた柾に、悠一がタオルを投げてくれた。

体育教師が別グループのプールの監視に回っているので、見学を決め込んだ悠一はジャージに着替えてもいない。

「貴之さんと喧嘩でもしたのか？」

「……なんで？」

汗のしたたる首を拭いながら、柾はムッとしたように顔をしかめた。

悠一は肩を竦めたが……なんでもなにも、顔に書いてある。

ポーカーフェイスを作れると思っているのは本人だけで、はたから見れば穴だらけ、感情の起伏が激しくて、落ち込んだり怒ったり照れたり拗ねたり、目まぐるしく変化する感情がまんま見えてしまうことは、柾自身はまったく気付いていない。貴之も悠一も、おもしろがって黙っているので。

「痴話喧嘩は犬も食わないぜ」

「そんなんじゃねーよ……」

床に大の字になる。火照《ほて》った体が、冷たい床板に吸い込まれそうに気持ちいい。

「なあ、放課後ヒマあるか？」

「んー……五時からバイトだけど。なに？」

「渋谷のピザ屋のタダ券、今日までなんだよ。食いに行かないか」

「行く」

悩みがあっても腹は減るのだ。

渋谷か。帰り、新宿に出てジーンズを取り返しに行かないと。草薙の顔なんか見たくもないが、バイト代のこともある。それにリーバイスの５０１、あれ一本しか持ってないのだ。

(ううー……ヤなこと思い出した)

汚れた下着を草薙に任せてしまったこと、ついでに、やつの前で曝《さら》した醜態までまざまざと思い出してしまい、恥ずかしさといたたまれなさで悶死《もんし》寸前だ。

そんでもって、またまた思い出してしまった。別れ際、「キスマーク見えてるぜ。あんまりオジサンをこき使うなよな」……せせら笑ったあのスケベ面！

（あんな情けねー人だと思わなかった。なにが触らぬ神になんとか……だよ）

本当は、例のものを持ってくるように念を押されていた。家まで取りに来るというのを必死で止めたのだ。学校に持ってくるわけにはいかなかったので、気が進まないながら、バイトが終わってから荷物を引き渡す約束をさせられていた。

（あーくそっ……せっかく証拠品があるってのに。なんか上手い方法ないのかな。矢島の落とし物ですって交番に届けるとか？　だめだ、矢島のだって証明できない。……そうだ、あの覚醒剤をデイトナに隠して、警察に密告するとか！）

いくらバックに大物がついていたって、五キロもの物証、警察だって無視できないはずだ。要するに警察が手を出すきっかけさえ作ればいい。デイトナに捜査が入れば、吉川のことだって調べられる。一気に問題解決だ。

ただ問題なのは、デイトナの売春リストから、柾が出入りしていたことが明るみになったときのことだ。無罪潔白なんだから自分はいい。けど貴之に迷惑がかかるのだけは困る。

柾は深い溜息を吐き出した。

「なあー……悠一ぃー」

「んー？」

「吉川のことだけどさあ……あいつ、なんであんなバイトしてたんだと思う？」

「おまえ、まだ吉川のこと気にしてるのか」

柾はなにげにドキッとして、悠一を見上げた。

「まさかまだなにか関わってるんじゃないだろうな。人があれほど忠告してやったってのに」

「違うって。関わってなんかないよ。ただ、ちょっと気になるっていうか」

「金だろ」

「え？」

「バイトの目的。金が欲しかったんだろ」

「だってあいつんち金持ちだろ？」

「親が金持ちってだけじゃな。おまえだって大邸宅に住んでるのに、ビデオ屋でバイトしてるだろ」

「……そうだけど」

悠一も草薙と同じ考えか……。

確かに普通の男子高生が、それ以外の理由で売春なんかしないだろう。だけどどうしても柾には釈然としないのだ。

自分だったら、好きでもない相手とあんなことをするなんて考えられない。やっぱりキスやセックスは恋人とするものだと思う。

クラスの中には、やらせてくれるならどんな女の子だっていいなんて云ってる奴もいるけど、そういう奴ほど口だけだ。本当は皆、かわいい彼女を作っていちゃいちゃしたいと思っている。吉川だって同級生だ。心の底では同じように考えていたんじゃないだろうか。

それに、最初に体を売るようになったきっかけはなんだったんだろう。小遣い欲しさだけで売春しようなんて、普通の男子高校生が考えつくだろうか。そもそもどこでデイトナのことを知ったんだろう。

ホテルに行ったとき、吉川は柾を追い返した。あれは売り上げを山分けしたくなかったからだろうと思っていたけど、本当は、わざと逃がしてくれたんじゃないだろうか。柾を巻き込まないように。

……とはいっても、断言できるほどあいつのことを知ってるわけじゃない。生徒会で一緒だった悠一のほうが、まだ柾よりは親しかったくらいだ。その悠一は、金が目的だろうって云う……。

（そうだ……鳥居ならなにか知ってるかも）

バイトの面接をするのは、店長の鳥居だ。もしかすると吉川がバイトをすることになった経緯を聞いているかもしれない。

とはいえ、昨日の今日でクラブに行くのは気が重かった。矢島にはぜったい顔を合わせたくないし、皆美もポケベルの件がある。

あの物騒なメッセージを送ってきた犯人は、たぶん皆美だ。

矢島に組み伏せられた柾を睨み付けていた激しい憤怒《ふんぬ》。少女のような顔が、ゾッとするような形相《ぎょうそう》に変わっていた。矢島にこれ以上近づけさせないように脅迫してきたのだろう。

(冗談じゃないっての。被害者はこっちだぞ)

なんで皆美は、あんな男のことが好きなんだろう。何度も浮気されて、殴られて……それでもまだ好きなんだろうか。あんな脅迫文を送りつけてくるくらい？　とてもじゃないけど理解できない。

六限終了の鐘が鳴りはじめ、クラスメイトがどやどやと移動をはじめる。足音が響く床に大の字になったまま、柾はまた重い溜息をついた。

10

ピザ屋のタダ券は、バイト先のお客さんから貰ったらしい。三種類のチーズののったやつとか、絶品トマトソースに海老《えび》や蟹《かに》がごろごろのってるやつだとか、ここぞとばかりにたらふく食って、ぱんぱんのお腹《なか》を抱えて道玄坂を駅に向かって歩いていたときだ。

そろそろ陽《ひ》が沈もうというのに、いっこうに涼しくならない。何気なく通りの向こうへ目をやった柾《まさき》は、ドキッとして立ち止まった。

「あ……！」

歩道で空車のタクシーを待っている素振りの、薄紫色のソフトスーツ。矢島《やじま》だ。

「オカ？　どうした？」

「あ、なんでもない」

悠一《ゆういち》が立ち止まって怪訝《けげん》そうに振り返る。歩きながら通りの向こうを見ていると、矢島がタクシーを止めた。すると後ろから皆美《みなみ》が追いかけてきて、タクシーは二人を乗せて走り去った。

「おい、オカ？」

「ごめん！　用事思い出した、先帰る！」

ぽかんとしている悠一を残して、柾は走って車線を渡った。

事務所にあの二人がいない。鳥居《とりい》から話を聞き出すなら今がチャンスだ。

興奮気味にエレベーターに飛び乗った。渋谷第一マンション、５０３のチャイムを鳴らす。

すぐに鳥居がドアを開けてくれた。

「あれー、めずらし。それ制服？　ガッコ帰り？」

「あ、う、うん」

「指名入ってないよー。今日ヒマでよォ」

鳥居はあくびをしながら、ニキビ面をぼりぼりと掻《か》いた。

「さっきまで矢島さん来ててさー。その辺で会わんかった？」

「さあ」

「あ、そういやさー、昨夜、連絡あったぜ。おまえの知り合いのルポライター」

草薙《くさなぎ》だ。あの後連絡したのか。さすが、仕事が速い。

「今度会うんだ。電話でちっと話したんだけどさー、いい人な、あのヒト。草薙だっけ？　新聞社に知り合いいるんだって？　おれってさー、ライター向きの性格してんだって。見込みがあるって云われちった」

ふーん、へえー、とニコニコ相槌《あいづち》を打つ。

「ま、新聞社もいいけどさ、しょせんリーマンだろ？　やっぱおれとしてはさ、フリーでバリバリ本出してガーンと売れんのが理想なわけよ」

「へえー」

「そんときは、おれと知り合いだって自慢してもいいからさ」

「もう六時かあ。……ヒマだね」

いいかげんげっそりしてきて、話題を変えるきっかけを探して腕時計を見る。

「まあねー。忙しいときは電話鳴りっぱなしでよー、トイレ行くヒマもねえの。ま、いつもだいたい八時くらいからまた忙しくなんだけど」

ぐうぅー、と鳥居の腹が鳴った。鳥居は口を尖《とが》らせて、頭の後ろで手を組んだ。

「あー腹減った。社長のせいでメシ食ってねーんだよな。なんかよー、皆美と大ゲンカしてよ。うるっせーのなんの」

「喧嘩《けんか》って？」

「いつもの痴話喧嘩じゃねえの？　別れるとかなんとか怒鳴ってたから。あのさあ、コンビニでメシ買ってくるから、ちっと留守番しててくんねえ？」

鳥居が尻《しり》ポケットに財布をねじ込みながら立ち上がった。

「電話はさ、留守電にしてくから、取んないで」

「オッケー」

「たのむなー」

ドアの閉まる音。

柾はさっと玄関へ走って、チェーンロックした。こうしておけば、知らないうちに誰かが入ってくるということはない。

鳥居がいつもいる事務室のドアを、用心のため、ハンカチを手に巻いてそっとノブを回す。四畳ほどの狭い部屋だ。灰色の事務机がひとつ、窓際に小型TV。縦長の灰色のロッカーには掃除用具が入っていた。

机には電話が三台あり、「顧客リスト」と背表紙に書かれた青いファイルが数冊、卓上ラックに立ててあった。取り出してパラパラめくってみたが、暗号のようなアルファベットと数字の羅列で、意味がわからない。

今度は机の抽斗《ひきだし》の物色にかかる。一番上の抽斗は、ハサミやサインペンなど細々した事務用品。真ん中の抽斗にも大した物は入っていない。一番下の大きな抽斗に手をかけると、ガコン、と引っかかった。鍵《かぎ》がかかっている。

(鍵、鍵どこだ。あ——そうだ)

ふとバイト先のレンタル店のことを思い出した。店長のデスクの一番上の抽斗、事務用品の整理トレーの下に店の鍵が入れてある。

果たして、鍵はあった。キーホルダーに三つの鍵がついている。

二つめに突っ込んだ鍵で、目的の抽斗は開いた。

ごくりと唾《つば》を飲んだ。なにが出てくるか。また覚醒剤《かくせいざい》か、それとも……？

ドキドキしながら抽斗を引くと、そこには——

「……なんだこれ」

8ミリビデオカメラと、テープが四、五本。

「なんだよ……。こんなもん鍵かけとくなよ。もー」

テープを一本、ケースから出してみたが、ラベルも貼っていないし、なんの変哲もないただのテープだ。

肩すかしを食ったような気分で、戻そうとすると、ガチャガチャッ、ガチャン！　玄関でものすごい金属音。

「おーい！　ちょっとー！　チェーン！」

鳥居だ。柾は慌てて抽斗を閉め、ドアから顔を出して叫んだ。

「は、はーい！　いま開けまーす」

えい、くそ！　手が震えて、鍵が……！

「おい、早くー！」

やっと鍵が掛かり、鍵束をもとの位置に戻しかけ、ハッと気づいた。

テープ！　持ったままじゃんか！

「おーい！」

「あっ、あの、いま……トイレ！」

玄関へ怒鳴って、ええい！　いいや、戻してる時間はない！

「すいませんでした、ち、ちょっと、ハラこわしてて」

「なんだよー、下痢ピー？」

鳥居はコンビニの袋を下げていた。

「腹出して寝てたんじゃねーの？」

「う、うん、そうかも」

戻しそこねた8ミリテープをポケットの奥までぎゅっと押し込み、へらへらと作り笑い。

「あのおー……おれ、もう帰ります」

「ええ？　そんなひでーの？」

「うん、ちょっと……仕事できそうにないし」

「なんだー。じゃ、しょうがねーか」

アイス買ってきたんだけど、と鳥居は、下げてきたビニール袋を残念そうに開けて見せた。

「すいません、それじゃ」

柾は前かがみになったまま、ソファの鞄《かばん》を引っ摑《つか》み、くるっと向きを変えかけた。

「——待てよ！」

鳥居が鋭く呼び止めた。

柾はビクッとして立ち止まった。ポケットの中でテープを掴んでいる手が、じわっと汗をかく。

鳥居が、緊張した背中へ云《い》った。

「トイレ流してけよ。さっき流さなかっただろ？　音しなかったもん」

「あ……あはは……」

どっと汗が出た。

11

「ビデオデッキぃ？　あるにゃあるが……配線繋《つな》いでないぜ」

夕方だっていうのに、草薙は寝起きだった。頭はあちこち寝癖だらけ、顎《あご》の無精髭《ぶしょうひげ》をボリボリ掻きながらくわ～っと大あくびをする。

「ちょっと貸してよ。オッサンは寝てていいから」

「オッサンだとぅ？　こいつ……。ったく、ビデオくらい自分ちで見ろ、おりゃまだ眠いんだ」

背中を足でぐりぐりされながら、テレビの前へいざっていく。

「うちリビングと貴之《たかゆき》の書斎にしかテレビないんだよ。あ、ラッキー。８ミリのカートリッジ見っけ」

「ウラか？」

草薙は、背中をぼりぼり掻きながらＴＶの前にやってきた。

「寝起きにイッパツってかぁ。おれ寝たの昼前だぜ……」

「そういえば、鳥居に連絡取ったんだって？」

「まあな」

煙草《たばこ》を咥《くわ》え、だらしなく足で灰皿を引きよせる。

「……ちょっと待て。なんで知ってんだ？」

「さっき会って聞いた」

「なんだとおぉぉ？」

襟の後ろを摑まれて、ぐっと引っ張られた。

「くっ、くるしーよっ」

「あれほど云って聞かせたってのに、このクソガキめ」

「説教はあとで聞くからビデオ見せてよ。せっかく盗んできたんだから……」

「なにぃ!?」

いきなりパッと手を放したので、柾はあやうくTV画面へ顔から突っ込みそうになる。

「わっ。あぶねっ」

「危ねえじゃねえよ。おまえはなぁ……」

草薙は顔を覆った。

「貴之、苦労してるな……」

ようやく配線を繋ぎ直して、ビデオデッキの電源を入れた。再生スイッチを押す。

ビデオは、途中からいきなり始まった。

〈あ……あぁぁぁッ！〉

獣じみた悲鳴が画面から溢《あふ》れた。

柾は画面を見たまま凍りついた。草薙の口から煙草がポロッと落ちる。

〈あっ！　ひぃぃっ……！〉

暗い画面の中央に、三人の男が絡み合っていた。

体格のいい男が二人。真ん中に、白い体――ほっそりした、まだ少年じみた四肢。

床に這《は》わされ、男にバックから貫かれ、もう一人がその髪を掴んで、怒張にフェラチオを強要していた。

強要――といえるかどうか。見ようによっては、少年は嬉々《きき》として奉仕しているようにも見える。

画面の隅には、オレンジ色で、録画の日付が入っていた。94年12月10日。

〈くうっ……こいつ、すげぇ、締まる〉

〈ちゃんと舌使えよ！　ほらッ、ほらッ〉

〈む、うむっ……あ、くう……っ〉

いきなり、少年の顔がアップになった。どぷっと音でもしそうな勢いで、その顔に白いどろっとした液体がかかった。

「……‼」

その、ほとんど恍惚《こうこつ》とした表情の少年の顔に、柾は息を飲んだ。

吉川《よしかわ》だった。

画面が変わった。少年の体は床に仰向《あおむ》けにされていた。男が、腰の下に巻いたタオルを突っ込み、少年の尻を上げさせる。もう一人が洗面器を持ってきた。透明の液体を浣腸《かんちょう》器で吸い上げ、押し開いた少年の尻に注入する。

〈あっ……も、う……出ちゃう……よォッ〉

〈まーだまーだ〉

〈くくくっ。スゲェの。パンパン〉

〈なんだ、おまえ勃《た》ってるじゃないか。ええ？〉

〈も……っ苦し……トイレ……！〉

〈ここで出せよ〉

男が尻の下に洗面器をあてがう。

〈ほらほら、くるしーんだろ？　出しちゃえよオ〉

苦悶《くもん》する汗みずくの吉川の顔がアップになった。粒子の荒い画面――半開きの唇から、涎《よだれ》がしたたっていた。

やがて白い体が、ブルブルと痙攣し始める。

〈ひい、いっ……もォっ……許してっ〉

〈おい、バイブ突っ込んでみろよ。栓しろ、栓〉

〈死んじまいませんかァ？〉

〈平気さ。こいつマゾだぜ。なあ、トール？　おまえ感じてるんだろ？　こうしてほしかったんだろ？　ええ？〉

〈っあ……ああ……やめて……いいっ……いいよおっ……〉

〈ご主人様って云ってみな、ご主人様って〉

〈ひっ……ああ！　ご…ご主人さまぁ……〉

〈わっ！　うわー、こいつ、出しちゃったよ……〉

ぐうっと胃の奥がせり上がった。こらえきれず、部屋の隅の暗室のカーテンをかき分けて、狭い流しに体を折って吐いた。

むせながら水で顔を洗い、タオルで前髪ごと顔をこすりながら暗室を出ると、草薙がビデオを巻き戻していた。

「だいじょうぶか？　とんでもねえビデオ拾ってきたな。」

「……事務所の机にあったんだ。他にもまだ二、三本……」

「男二人の顔は出さないようにうまく編集してある。ラブホかマンションで撮られたんだろう。連れ込まれたか……抵抗してる感じじゃねえのを見ると、自分でついてったか……」

「それはわかんないけど……。ただ」

柾はまだ少しむせながら、云った。

「男のほう、矢島と……鳥居の声だよ」

「日付から見ると、トールがデイトナに入った頃だな」

草薙は、デイトナのリストを開いた。リストには日付入りの生写真が入っている。

吉川の写真は、94年12月18日に撮られたものだった。

「ビデオは12月10日だったよね」

「ああ。デイトナに入る前だ」

草薙と柾は、鋭く視線を絡ませた。

「トールが売りをしてた理由はこいつか。矢島に脅されて無理やり客を取らされてたんだ」

草薙はデッキから取り出したテープを指で叩《たた》いた。

柾は8ミリテープを見つめる。

やっぱり、吉川の目的は、金じゃなかったのだ。理由があった。辞めたくても辞められなかった、大きな理由が。

「どうやら、ボウヤの勘が正しかったようだな」

草薙は、苦々しい表情でキャメルを一本引っ張り出し、唇に啣《くわ》えた。

「5キロの覚醒剤を持ち出したのは、このテープと交換するつもりだったんだろう。だが、取引に失敗して……殺された」

柾はこめかみに流れてきた汗を、タオルで拭った。推測が当たっても、ちっとも嬉しいことなんかなかった。こんなことなら、むしろ当たらないほうがよかった。

「マスターにしちゃ粒子が荒い。こいつはコピーだな。マスターは矢島が持ってて、コピーは事務所で見せて脅しに使ったか、こっそり客にさばいてたか……どっちにせよこのぶんだと、まだ被害者《いまいま》がいそうだ」


草薙は忌々《いまいま》しげに、前歯で煙草を噛《か》んだ。

「汚ねえ真似《まね》しやがる。こんなもん大量にコピーなんか出回ってみろ、青少年の将来メチャクチャだ。そりゃなんだって云うこときくわな」

「……おれ、やっぱり、警察に行く」

柾は、静かに、だがきっぱりとした口調で草薙を見上げた。強い瞳《ひとみ》に決意を固めて。

「やっぱ、ほっとけない。吉川のことも矢島のことも、警察にぜんぶ話す」

「おい……ボウヤ」

草薙が静かに柾を見下ろした。

「それがどういうことか、わかって云ってんのか？　よせよせ。あれ見ただろ？　トールは嫌がってなかった。むしろ喜んでケツを振ってた。ってことは、自分からあいつらの誘いに乗った可能性もあるってことだ。それをビデオに撮られたからって、云ってみりゃ自業自得だ」

「けど、おれは矢島を許せない」

柾は強い口調で云い返した。

「たとえ自業自得だって、矢島たちがやったことは立派な犯罪だろ。なのに野放しにされてるなんて許せないよ。おれそういうの我慢できない。もしいまなんにもしなかったら、きっと死ぬまで後悔する」

柾は立ち上がり、鞄を拾い上げた。

「草薙さんに迷惑はかけないよ。警察には黙っとくから」

「まあ待てよ。まったく気の短いボウヤだな。なんでもかんでも真っ正直にやるだけが能じゃないだろ」

草薙がのんびりと云って、ライターに手を伸ばした。煙草に火をつけてゆっくりと天井に煙を吐き、頭の後ろの寝グセをうっそりと撫《な》でる。

「ボウヤはトールから生前、荷物を預かってた。遺族に返す前に中身が気になって調べたところ、氷砂糖が入っていた。叔父《おじ》の知人である麻薬に詳しいジャーナリストから、それは覚醒剤ではないかと云われ、警察に届けることにした。ま、筋書きとしちゃこんなところか。ちょっと陳腐だが、作り込みすぎるよりは信憑性《しんぴょう》が出るだろ」

「草薙さん……?」

「警視庁の保安二課に倉田《くらた》って刑事がいてな。高校の後輩なんだが……そいつが、渋谷ルートに手を出したくてウズウズしてるんだ。あの辺りはチャイニーズマフィアが仕切ってるとかで、こいつをアゲれば、警部補に昇進できるんだと。後輩の給料アップに協力してやるのも、ま……悪くないだろ」

「協力してくれんの!?」

草薙は、咥え煙草の口の端だけ上げて笑った。

「刑事に恩売っときゃ、あとあとなにかと便利だからな」

「マジで!?　ホントに!?」

「ボウヤのお人好《よ》しがうつったな。まったく……おれも甘いね」

どこかで聞いた台詞《せりふ》だった。

〈ＭＡＸ〉で夕飯を食べさせてもらい、十時過ぎに帰宅すると貴之はまだ帰っていなかった。いつもならガッカリするのに、今日はなんだかホッとしていた。昨日のことがあって、貴之と顔を合わせづらい。

あれはクスリのせいなのだし、犬に噛まれたようなものだし、気にしないほうがいいとわかってはいても、やっぱりちょっと後ろめたいような気がして。

シャワールームの脱衣場でシャツを脱ぎながら、チェストの上に、草薙から借りたジーンズが畳んであるのに気がついた。

家政婦が、サイズが大きいので柾のものかどうか迷って、箪笥《たんす》にしまわずにここに置いたのだろう。貴之はジーンズを持っていない。

（あ……しまった。おれの５０１）

また返してもらうの忘れた。

（ま、いっか。これ返すついでに取りに行けば）

熱めのシャワーで泡を流していると、ふいに、背中にひやっと冷たい風が吹いた。

目の水滴を拭《ぬぐ》い、振り返ると、貴之がドアに凭《もた》れて立っているのが、湯幕越しに見えた。

「あ……お帰り」

「いつ帰ってきたんだ？」

「さっき。なんで？」

「誰かに送ってきてもらったのか？」

「うん。バイト先の人」

「レンタル屋の？」

「そっちじゃないほう」

答えながらシャワーを止め、バスタオルを腰に巻く。貴之は腕組みして柾を見つめている。

「話がある。髪を拭《ふ》いたら書斎に来なさい」

「え？　あ、うん……」

心なしか不機嫌に見えたのは気のせいだろうか？

(話ってなんだろ。眠いんだけどな……)

疲れたし、英語の予習をすませたらさっさと寝るつもりだったのに。濡《ぬ》れた髪をタオルでガシガシ拭きながら、貴之の書斎のドアを叩いた。

「入りなさい」

ドアを開くと、かすかにインクの匂《にお》いがした。天井の梁《はり》をわざと剝《む》き出しにして、屋根裏風の造りにした書斎。壁の三方は天井まで届く書棚になっている。

窓辺にどっしりとしたオークの大きな机。オーディオセットが左側の壁に組み込まれ、貴之はその横の、座り心地のよさそうな革の肘掛《ひじか》け椅子《いす》に、長い脚を組んでいた。

「話ってなに？」

「先日の話に出た、草薙のことだが」

貴之は肘掛けに頬杖《ほおづえ》をつき、切れ込みの深い二重の目を、据えるように柾に向けた。

「あの男は、世間では社会派ライターとかジャーナリストとか云われているが、金のためなら強請《ゆす》りもいとわないようなトップ屋崩《くず》れだ。おまえがつき合うような人間じゃない」

「……なんでそんな話すんの？」

「それは、自分がよくわかっているんじゃないのか？」

見透かすような目に、ドキッと心臓が鳴る。

「昨日の十時頃、公園の前にいただろう。中川《なかがわ》が車で通りかかったそうだ。……草薙と一緒にいたそうだね」

「………」

「答えなさい、柾」

「……わかってるなら聞くなよ」

貴之のいつにない高圧的な口調にムッとして、柾はわざと反抗的に云う。

「今日送ってきたのも草薙か？　どこで知り合った」

「………」

「どこで知り合ったんだ？」

静かな声には、苛立《いらだ》ちが潜んでいた。柾は乾いた唇を舐《な》めて、答える。

「……バイト先」

「どういうバイトだ」

「どういうって、取材の手伝いっていうか……」

「そのバイトは辞めなさい。わたしから連絡しておく」

「なにそれ……勝手に決めるなよ！」

「他のことならいくらでも我儘《わがまま》を聞いてやろう。だが、草薙はだめだ」

「どうして」

「あの男は一年前、九曜《くよう》会の談合をスクープした。翁《おう》が体調を崩されたのも、その心労がたたってのことだ」

「草薙さんは悪くないだろ。じーさんの自業自得じゃんか」

「柾」

感情を殺した、だがそれによっていっそう迫力のある声で、貴之はたしなめた。

「なんであれ、おまえのたった一人のおじい様だ。そんな言い方はやめなさい」

「……わかってるよ」

柾はぶすったれて横を向く。

「でも草薙さんのことは別だからね。おれがつき合う人にまで口出す権利、貴之にあんの？」

貴之は静かに息を吐いた。

「わかった。では云い方を変えよう。草薙とつき合うなとは云わない。だがバイトは辞めなさい」

「なんで！」

「なんでじゃない。いままで目をつぶってきたが、いい機会だ。レンタル店のバイトも辞めて、予備校へ通いなさい。予備校が嫌なら家庭教師をつけてやる」

「なんだよ、いきなり。そんなこと勝手にっ……」

「来年はもう受験生だ。バイトなどしている場合じゃないだろう。小遣いが足りないならカードを使いなさい。そのために渡してあるはずだ。学業を疎《おろそ》かにするようなら、ミラノの母上に報告しなければならないな」

「疎かになんかしてない」

「帰宅が十時を過ぎるまでバイトに打ち込むくらいなら、その時間をもっと勉強に充《あ》てられるはずだ」

「……成績下がってないじゃんか」

「そう、だが上がってもいないな」

口じゅうに、苦い不満がいっぱいに溢れる。

「わかったね？　わたしは、母上からおまえを預かってるんだ。責任があるんだよ」

「……なにかっていうとすぐそれだ」

柾はふくれっ面でそっぽを向いた。

「べつに母さんは怒ったりしないよ、おれがバイトやってようが成績下がろうが。そのことで貴之を責めたり、責任を押しつけたりもしない。……貴之が気にしてんのは、ほんとは母さんじゃないんじゃないの？」

「……」

「バイトは辞めない。草薙さんとのつき合いだって、貴之には関係ないだろ。おれは自分のしたいようにするからね」

「待ちなさい」

貴之が素早く立ち上がって、柾を制止した。柾は、湯上がりの頬を憤りにますます赤く染めて彼を睨《にら》み上げた。

「なんだよっ」

「奴にとっては、四方堂《しほうどう》グループは格好の餌食《えじき》だ。……わたしたちの関係を公にしないという保証は、どこにもないんだぞ」

「なにそれ……」

柾は眉《まゆ》をひそめて、恋人の顔を見つめ返した。貴之の美貌は無表情に近く、感情を読み取ることができない。

「それ……どういう意味。……おれたち、そんなに悪いことしてるわけ？」

「そんなことは云っていない」

「云ってるじゃないか」

「……わたしはおまえの保護者だ。それはわかるね？」

貴之は急に諭すような口調になった。

「おまえが成人するまでは責任がある。万が一にも、おまえの将来にかかわることを見過ごすわけにはいかない」

「貴之は会社が心配なだけだろ」

ふくれっ面で言葉を投げつける柾に、貴之は、ふっと目を細めた。

「会社など……わたしの代わりなど、いくらでもいる。おまえが四方堂を継いでくれれば、わたしの役目もすむ」

「……なんだよ、それ……」

「前々から考えていたことだ。おまえが四方堂の籍に入れば、わたしは籍を抜いて、もとの姓に戻る。社のほうも、おまえが成人してグループの要に成長したあかつきには、すべてを任せて退陣するつもりだ。すでにその準備も進めている」

柾は一瞬絶句して、恋人を見つめた。

「な……んだよそれっ！　なんでそんなこと勝手にっ……何度も云ったじゃんか、あの家の籍には入らない。会社も継がないって！」

「柾――」

「それにっ……それに役目ってなんだよ！　貴之はそんなつもりでっ……おれのこと、役目とか義務とか、そんなつもりでおれとっ……」

「ばかな。誰もそんなことは云っていないだろう」

「云ってるじゃないか！　おれ絶対に嫌だからな！　なんで貴之を追い出してあんな家継がなきゃならないんだよ！」

「そうじゃない。話を聞きなさい」

「聞きたくない！」

「柾！」

「やだっ……！」

突風に巻き込まれるように、胸にきつく抱きしめられる。拒む手は押さえ込まれて、食い縛る唇にくちづけが降ってくる。

「……愛している」

真摯《しんし》な声だった。

「おまえを愛したときから、すべてを擲《なげう》つ覚悟はできている。地位も、金も、なにもかもだ。……おまえを巻き添えにするつもりはない。泥をかぶるのはわたし一人でいい」

「泥ってなに!?」

柾の怒りは沸騰点に達した。

「だからっ……なんで一人で勝手に決めちゃうんだよ！　おれだってそれくらいの覚悟できてるよ！」

「……その気持ちだけで嬉《うれ》しいよ」

ふっと愛《いと》しげに細められた貴之の目。柾は思わず顔を逸《そ》らす。

ずるい。そんな、痛みをこらえるような眼差《まなざ》しをするのは。叫び出しそうな唇を、一回噛んで、震える声で云い募る。

「貴之は、いっつも、そうだ。いっつもそうやって、おれのことなんか子供扱いでっ……おれの気持ちなんかどうだっていいんだろ！」

「大人《おとな》だと思うからこそ、こうして話をしているんだろう？　聞き分けなさい」

「その云い方が子供扱いしてるんだよ！」

カッとして、貴之の腕を振り払った。

「もういい。どうせ堂々巡りだ」

「待ちなさい」

書斎を出ていこうとした柾の肩を、強く引き戻す。

「草薙ともう会わないと約束するね？」

「——いやだ」

柾はきっぱりと云った。貴之の美しい顔がいよいよ曇《くも》る。

「なぜ素直に云うことがきけないんだ」

「そういう云い方やめろよな！」

「わたしはおまえの保護者だ。口を出す権利がある」

「へーえ。保護者！　保護者ってのは、未成年にあーんなスケベなことするヒトのこと云うんだ？」

「ああ云えばこう云う……！」

やっと声を荒げた貴之に、ようやく胸のすく気分になった。しかし、貴之は素早く舌打ちすると、

「よかろう。恋人として扱ってほしければ、そうしてやる」

云うなり、柾の体を、いきなり肩に担ぎ上げた。

軽々と担がれたまま書斎から連れ出され、柾はジタバタもがく。

「なにすんだよッ！　下ろせよッ！　下ろせ、ばかッ」

「二度とそんな口をきく気が起きないようにしてやろう」

寝室のドアを足で蹴《け》り開け、暴れる柾の体を、ベッドの上に投げ下ろす。

「わっ……！」

柾は、皺《しわ》ひとつないリネンの上でバウンドして、ひっくり返った。

両手首を貴之が素早く背中でひとつに纏《まと》め、脹《ふく》ら脛《はぎ》の上に尻をのせて押さえつける。抵抗を奪われた柾は、あらん限りの悪口雑言《あっこうぞうごん》を撒《ま》き散らして、自由になる首や肩をがむしゃらにジタバタさせた。

「なにすんだよッ！　バカッ」

「甘やかしすぎたな。恋人として扱ってほしいんだろう。わたしの恋人なら、口応《くちごた》えは許さん」

「横暴だッ。封建主義者！」

「絶対君主制だ」

シュルッと抜いたネクタイで、柾の両手首を縛り始めた。

「……っ！」

こんなことをされたのは初めてだった。男の顔を肩越しに見上げて、柾は頬を強張《こわば》らせた。

忘れてた——貴之が、一見クールに見える地表の下に、熱く逆巻くマグマを秘めていることを。

キリリッと手首がきつく締まる。

柾は恐怖に青ざめた顔で、それでも気丈に恋人を睨みつけた。貴之もまた、静かなる威圧をもって、柾を見下ろす。

「どうだ？　約束する気になったか？」

「……死んだって嫌だ」

声が怒りで震えた。屈辱にわななく唇で、さらに云った。

「貴之より、あいつのほうが千倍マシだね！」

「……上等だ」

ギッ、とベッドが鳴いた。

柾はシーツに顔を埋《うず》めて、下唇を噛みしめた。ぜったいに声を出してやるものかと。


「柾……？」

ためらいがちな声とともに、熱いタオルが首筋にそっと当てられたので、柾は、うつろな視線を緩やかに天井へめぐらせた。

貴之の心配そうな顔が、暗いオレンジ色の灯《あか》りの下で、柾を見下ろしていた。

腕と股間《こかん》が、痛みとも快楽の残滓《ざんし》ともつかぬまま、じんじんと痺れている。

柾は、瞬《まばた》きもせず、視線をゆっくりと皺だらけのシーツへ落とした。目をつぶった途端に、熱いものが零《こぼ》れてしまいそうで。

貴之がタオルで背中の汗を拭っている。脚の狭間の汚れもきれいに拭い清めて、そっとリネンを掛けた。柾はその中で、じっと身体《からだ》を丸めた。

こんなセックスははじめてだった。感情の通い合わぬ、セックス。

手首を縛られ、自由を失ったまま半ば犯された……その行為自体より、柾には、貴之とこんな情交を持ってしまったことのほうがショックだった。

「……謝らないよ」

貴之のテノールは、疲れたように、いつもの艶《つや》を失っていた。

「それなりの扱いをされるだけの理由はあったはずだ」

「………」

頭まで被《かぶ》ったシーツの中で、じっと唇を噛みしめる。

ただ惨《みじ》めだった。怒りももう湧《わ》いてきやしない。ブラックホールに捕まってしまったように、身も心もすっかり暗黒の深淵《しんえん》に沈み込んで、ゆらとも動かない。

「……どうせおれはガキだ」

柾は、力なく呟《つぶや》いた。がらがらの声がシーツにこもる。

「おれにはわかんないよ。なんにも……なくたっていいじゃないかよ。かまわないじゃないか。おれ……財産なんかいらないよ。家なんか継ぐ気ないよ。なんにもいらない――」

どうしても欲しいのはひとつだけなのだ。貴之のそばにいること。たったそれだけのこと。

「なんでそれがいけないんだよ……！」

「柾……」

せき止めていた感情を、いきなりレッドゾーンまで高ぶらせ、柾は嗚咽《おえつ》を嚙みしめた。

「き……らいだ、貴之なん……きらい……ッ」

リネンの中から引きずり上げられ、抱きしめられた胸の中、きつすぎる抱擁《ほうよう》に、柾は溺《おぼ》れかけた人のように喘《あえ》ぐ。

「柾……」

恋人の胸のぬくもりに顔を押しつけたまま、むずかる子供のように柾はかぶりを振った。涙が止まらない。止めようとすればするだけ、悔しさが溢れてくる。

こんなつもりじゃないのに。よしよしと、背中をさすられ、あやされて、抱きしめられて、逞《たくま》しい胸に鼻先をすりつけて――これじゃ小さい子と同じじゃないか……！

溢れそうな嗚咽を、貴之の肩に嚙みついてこらえる。

もどかしい……こんなにもなぜ伝わらない？　この双肩にのっている苦しみや悩みは、おれにだって半分、預かる権利はあるはずなのに。

(わかってる……貴之の云うこと、おれにだってわかる)

けれど、貴之の要求を素直に受け入れることもできない。男としての最低の一線、たとえ恋人にだろうと譲ることのできない矜持《きょうじ》が、柾の中には確かにある。

「泣かないでくれ、いい子だから……柾……」

温かな強い指が、濡れた瞼《まぶた》の下をグイとこする。

柾は前歯をぐっと嚙みしめて、首を振った。涙を否定するのと、そんなふうになだめられるのが嫌なのと。

「そんな顔をするな……」

上質なテノールが、低く囁《ささや》く。

「虐《いじ》めているようで、またおかしな気分になってしまう」

つい噴き出してしまった。とたんに、貴之が畳みかけた。

「痛まないか？　風呂へ入るか？　入れてやろうか？」

「……」

「なにか飲みたくないか？　ジュースか……冷たい水のほうがいいか？　持ってきてやろうか」

「……貴之、訊《き》いてばっかし」

「そうか？……そうだな」

頬を緩めた柾に、ようやく貴之も微笑を浮かべた。いつもの、優しい恋人の顔だ。

「手が痛い……縛られたとこ」

鼻をすって甘えかかる柾のほうも、いつの間にか、いつもの口調に戻っている。

「うん、どれ？……だいじょうぶ、痣にはならない」

そっと、しなやかな手の甲へくちづける。

「……喧嘩はよそう。せっかく二人でいるんだ。時間がもったいない」

「……うん」

少ししょっぱいキス。柾はすんと鼻をすすって、貴之の広い胸に唇をつけた。

「シャワーを浴びようか」

「立てないかも」

「抱いていくさ」

軽々と抱き上げられてしまった。

一糸まとわぬ姿のまま二人、廊下へ出た。

裸のまま歩くのは、家の中とはいえ、なんとなく気恥ずかしくて心地が悪い。

貴之は長い廊下を渡って、まだ水滴の残るシャワールームのドアをくぐる。

タイルの上へそっと柾を下ろし、湯の調節をしながら、ふと貴之の目が、チェストの上の色褪《いろあ》せたジーンズを見つけた。

「ずいぶん大きいな。サイズが合わないんじゃないのか？」

「ああ、それ借り物だから……」

「……ほう？」

貴之の目がキラッと光った。ハッと口を押さえたが、時すでに遅かりし。

「誰の、だ？」

13

翌日、登校すると、期末テストの結果が職員室前の廊下に張り出されていた。

「……あれって一種のイジメだよな」

廊下にごった返した生徒たちの阿鼻叫喚《あびきょうかん》を聞きながら、柾はぼやく。

「どうせ終業式には成績表出すくせに……。なにも張り出さなくたってさ」

職員室の廊下のちょうど正反対、中庭を挟んだ二階の窓に頬杖をついて悠一は大きなあくびをしている。

「ちょっとは仕事してるとこ見せたいんだろ、先生方も。保護者に給料ドロボーって云われないように」

昨夜の狂乱があとを引いて、どうにもこうにも気だるい。

（……あつつ。腰痛てえ……）

草薙のジーンズから始まった喧嘩は、収拾がつかぬまま深夜に及び、「コーヒーをこぼしたので貸してもらった」という柾の主張がとりあえず認められたのだが。

いいかげん舌戦に疲れた柾がトドメに放った一言、「ほんっとしつこくなるよな、トシ食うと」が、貴之の逆鱗《げきりん》に触れてしまい……。

「本当にしつこいというのはこういうことだ」

押さえ込まれて、タイルの上で無理やり、立て続けに二回ぶち込まれた。

七時に枉を叩き起こして、「今日は遅刻は許さん」と冷たく一言、平然と出勤していった貴之。三十寸前のくせに、あのタフさはなんなんだ!?

悔しさに、キリキリ親指の爪《つめ》を嚙む。それよりもっと口惜しいのは、あんなに嫌がっていたくせに最後には貴之の背中を太腿《ふともも》で締めつけて「もっと！」とねだった己のあさましさ。

(うう。だめだな、おれって……貴之に触られるとわけがわかんなくなっちゃって)

はあーと大きな溜息。腕の中に顔を埋めた。

本当に情けないほど、貴之にかかると、簡単に理性が吹っ飛んでしまう。頭が真っ白にスパークして、わけがわからないまま翻弄《ほんろう》されて、なんにも見えなくなってしまう……貴之は熱い、奔流《ほんりゅう》だ。

耳朶《みみたぶ》を嚙まれるみたいにして、いやらしい言葉を吹き込まれると、下半身はトーストの上のバターみたいにトロトロになって、なし崩しにとけてとろけて……。

「あれっ、お前ら見にいかねーの？」

通りかかった島田《しまだ》が、二人に声をかけた。

「見るか？」

悠一がオペラグラスを投げる。島田は窓から身を乗り出して、向かいの廊下を覗《のぞ》き込んだ。

「おーっ、見える見える！　おまえら何番だったん？」

「……二番下がった」

悠一が力なく答える。柾も嘆息。

「おれ、九番……」

「なーんだ、なっさけねーの！　おれなんか五番も上がっちゃったもんね」

鼻唄まじり、オペラグラスを右へずーっと移動させていた島田は、パッと顔を上げると、悠一にオペラグラスを突き返し、

「てめーらとはもう口きかねえ。学年十番と十八番じゃねーか」

ずんずん歩いていってしまった。

柾はもう一度オペラグラスで順位表を覗き込み、何度見ても順位が変わらないことに、深々と溜息をついた。

「やっばーい。どーしよ……」

「そんなに落ち込むほど深刻でもないだろ？　九番落ちたっていっても、おまえ中間がよすぎたんだよ」

「……貴之がさー、バイト辞めて予備校行けってうるさいんだよ。……これで成績下がったら、ぜったい立場悪くなる」

「そういやオカ、新しいバイト見つかったのか？」

柾は力なく首を振った。だからよけいに頭が痛いのだ。

もちろん貴之が反対しようと、バイトを辞める気はサラサラないが、この時期になってまだ夏休みのバイトが決まってないのは……絶望的だ。

予鈴が鳴って、廊下に出ていた生徒がわらわらと教室に戻り始める。柾も窓を離れた。

悠一が、歩きながらつと頭を寄せてきた。

「いっそ家庭内売春にでも走るか？　一回一万とか」

「……冗談でも云うな」

金貯まる前に死んじゃうよ。


新宿駅を出たところで、突然、雷雨になった。

文字どおりバケツをひっくり返したようなどしゃ降りの中、鞄を盾にして走り、〈MAX〉の外階段からドタバタ二階へ上がる。

「うっひゃー、ビショビショ。タオル貸して」

「おーう。そのへん勝手にひっかき回せや。いま手がはなせねえ」

部屋の隅にしつらえた暗室から、草薙が返事をする。タンスからタオルを引っ張り出して、びしょ濡れの髪と顔を拭う。簞笥の中はきちんと整理整頓《せいとん》されていて、タオルも洗ってあった。おおざっぱそうに見えるのに、草薙の部屋は意外にいつも片づいている。

「すっげーどしゃ降り。ジーンズ返しに来たんだけど……なにやってんの?」

「現像。見るか?」

草薙は酢酸《さくさん》の匂いをプンプンさせて、暗室から出てきた。

現像したばかりのネガを見せてもらったが、白黒のネガは、素人目にはなにがなにやら判別しにくい。

「これ……なに? 人間? 寝そべってんの? こっちが足で……これ、アタマ??」

「かなり無理めの体位だな、こりゃ。ジジイとババアがよーやる」

「はあ?」

「G大臣とM代議士の妻の不倫の図だ。でもってこっちが、T代議士と女優の料亭密会」

「不倫? 密会? そんな写真どーすんの?」

「使い道はいろいろだな。このネガ一枚で、某大臣と某企業の裏取引の情報が手に入る」

「それって、強請り……?」

「政財界の大物の弱みのひとつや二つ握ってなきゃ、仕事にならん」

貴之の云ったことはマジだったんだ。咥え煙草で真剣にネガをチェックする草薙の横顔を、驚きとともに見つめた。そりゃ、正義の味方じゃないとは思ってたけど……。

「九曜会の談合もそれで摑んだの？」

「貴之から聞いたのか？」

柾はいいかげんに頷《うなず》いた。

「べつに……じーさんの会社のことなんかどうだっていいけど」

「いまは貴之が社長だろう？　心配じゃないのか？」

屋根を叩く雨音がまた激しくなった。窓を仰ぎ見たが、背の高いビルの間からは、空も見えない。

「すげー降ってきた」

「あとで送ってやるよ。あいにく傘持ってなくてな」

クーラーが切ってあるのか、部屋は蒸し暑い。リモコンを探していると、壁一面の書棚に少女の写真が飾ってあるのに気がついた。

セーラー服で、屈託のない笑顔を浮かべて桜の下に立っている。ストレートの長い黒髪のかなりの美少女だ。

「草薙さんて……ロリコン？」

写真立てをかざすと、横目で笑って、

「バァカ。おれァ美少年専門だ。セーラー服にゃ興味ないの。妹だよ」

「えェ!?　サギだ！　ぜんっぜん似てないじゃん！」

「サギとはなんだ。正真正銘、同じ畑と種だ」

「マジでぇ？」

だって、ラフォーレ前に五分も立ってたら、芸能事務所のスカウトに次々声をかけられるレベルの可憐な美少女なのだ。むさ苦しい草薙からは想像もつかない。

「信じらんねー……こんなかわいいのに」

「だろう？　そいつは高校の入学式に撮った写真だ。うちは親父もお袋も早くに亡くなってな。妹は学校の成績も良くて、近所でも評判のしっかり者だった」

「ふーん。自慢の妹なんだね。一緒に住んでないの？」

「ああ。死んだんだ」

「え……」

「お？　どうした、珍しい。なんでって訊かないのか」

濃い眉を揶揄《やゆ》するように跳ね上げる。柾は黙った。

「五年前だ。おれは新聞社を辞めてフリーになったばかりで、初めて出した本がまあまあの評判でな。いい気になって、毎日あっちこっち飛び回ってた」

草薙はネガのチェックを続けている。まるで物語の粗筋でも語って聞かせるような、淡々とした口調だ。

「高一の夏休みだった。久しぶりに家に帰ったら、妹が珍しく留守にしてた。無断外泊なんかするタイプじゃなかったが、高校に入って初めての夏休みで、たまには羽を伸ばしたいこともあるだろう、友達の家にでも泊まりに行ってるんだろうと思ってたいして気に留めなかった。翌日から地方に取材に出かけて、しばらく戻らなかった。電話をかけても繋がらないのが三日たち、一週間たち……帰宅したのは夏休みが終わった頃だ。妹はまだ帰っていなかった。そこでようやくおかしいと気がついたんだ。間抜けな話だ」

ネガを光に透かしながら、草薙は面白くもなさそうに云った。

「三ヶ月後に警察が見つけ出したときには、重度の覚醒剤中毒になってた。体重が半分くらいに減っててな、手も足も棒みたいに痩《や》せちまってた。目にはまるで光がなくて、おれを見てもにこりともしなかった。……新宿を一人でフラフラしてて、どっかの組員にひっかかったらしい。マンションの一室に閉じ込められて、クスリ漬けにされて……客を取らされてたんだ」

「……………」

写真立てを持つ手が震えた。

「どうして死んだの……？」

「収容された病院で首を吊《つ》ったんだ」

草薙は言葉を切って、吸い終えた煙草をビールの空き缶に落とした。

「ボーイフレンドに客を取ってたことがバレたと思ってな。……バカな奴だよ」

柾は、ぎこちなく草薙から視線を逸らした。写真立てをそっと棚に戻す。ピンク色のフレームはとても草薙が選びそうにない趣味で、きっと十五歳の彼女に似合うものを選んでこれにしたんだろう。

さばさばした口調は、真情の裏返しだ。本当はさばけてなどいないのだ。大切な妹を失った苦しみから、立ち直れてなどいないのだ……。

大谷ノンフィクション賞を取った『ふるえる人』は、妹を亡くしてからの著書なのだろう。同じテーマを扱った処女作とあれだけ印象が違っているのは当たり前なのだ。『ふるえる人』には、草薙のいまもって消えない痛みが、滲《し》みているのだ。

(……そうか、そうなんだ)

草薙が矢島の逮捕に一役買って出たのは、柾のお人好しに感化されたわけじゃなくて――

(吉川のこと、妹さんのことに重ねてたんだ……)

草薙がはじめ、吉川に同情の片鱗《へんりん》すら見せなかったのは、金めあてで覚醒剤を売りさばいていると思っていたせいだったのだ。

けれど、吉川は矢島に脅されて売春と運び屋をさせられていたことが、あのビデオからやっと明らかになって。

いったい草薙は、どんな気持ちであのビデオを見たのだろう。

殺された吉川と、死んだ妹と――悪魔の犠牲になった、若すぎる命。利用されて、骨までしゃぶり尽くされて。その痛みも悲しみも、誰にも理解されないまま——

膝を抱え込んで、柾はひっそりと息を殺した。草薙の悲しみが、静かに胸に忍び入り、滲みてくるようだった。

雨の音が、二人の沈黙をやさしく包み込んでいた。

「……それにしたって」

ふと草薙が、重々しく口を開いた。

「あのビデオは凄《すご》かったな。あれで三回は抜ける。いやはや、惜しいことしたぜ。トールがドMだって知ってりゃ、もっとイジメてやったんだがなぁ」

「………」

「なあ。ボウヤも貴之のこと、ご主人様って呼んだことあんのか？」

「……どアホッ！」

アッパーカットがきれいにキマッた。


「公園のとこまででいいよ」

スカイラインの助手席で、半分壊れたシートベルトを嵌《は》めるのに苦心しながら、柾は云った。

「そっから歩いて帰るから。一緒にいるとこ貴之に見られるとまずいんだ」

「へえ？　なんで？」

「大喧嘩になったんだよ。こないだ送ってもらったとこ知り合いに見られてて……貴之、あんたとはずえーッたいにつき合うなって、すっげー剣幕でさ。昔っからそんなに仲悪いの？」

「学生時代はそうでもなかったが、ま、四方堂重工の取締役が、あれだけのことをしたライターとニコニコ仲良くしてるわけにいかねえだろ」

それはそうだけど……と柾は考え込む。

貴之があそこまで執拗《しつよう》に草薙とのつき合いを反対するのには、もっと個人レベルの理由があるような気がするのだ。なんとなくだけど。

「あいつがどう思ってるかは知らんが、おれはべつに嫌いじゃないぜ。ま……住んでる世界は違いすぎるがな」

草薙はポケットの煙草を探った。キャメルを抜き出して咥え、今度はライターを探している。

「まだ新聞社にいた駆け出し時代、四方堂重工所有のタンカーが海難事故にあってな。取材に行ったことがある。取材ったって、こっちは右も左もわからず先輩記者にくっついてっただけだが、あいつはもう現場で陣頭指揮を執ってた。こっちは着た切り雀《すずめ》のよれよれのやっすいツルシ、あっちは英国王室御用達の高級スーツに運転手付きの高級外車。どうやったって住む世界が違うさ」

柾は軽く下唇を吸い込んだ。

「……おれにしてみたら、二人とも凄いよ」

「んー？」

「おれもいつも思うんだ。貴之とおれじゃ、違いがありすぎるって」

「そりゃ、ボウヤの歳《とし》で張り合おうってのが無理だ」

「……そうだけど……それだけじゃないよ」

とうとうライターが見つからなかったらしく、草薙はカーライターのスイッチを入れて、煙草に火をつけた。

「貴之はさ……おれと同じくらいの歳には、もう経営学とか帝王学の勉強してて、四方堂グループの後継者になるっていう目標をちゃんと持ってたんだ。でもおれは将来の目標なんてないし」

「四方堂を継ぐ気はないのか？　配当金だけで一生遊んで暮らせるぜ」

「四方堂とは関わりたくないんだ。高校出たら、あの家を出て自立する。だからバイトして金貯めてるんだ。……あんまり貯まんないけど」

「ふーん」

「でも貴之は、立派な社会人で、なんでもできてなんでも持っててさ……尊敬してるし、すごく好きだけど、ときどきすごく悔しくなるんだ。……なんでおれ、貴之と同じ歳に生まれなかったのかな。そしたら、おれだって少しは貴之に格好いいとこ見せられたかもしれないし……少なくとも怒鳴り合いの喧嘩にはならなかったのに」

「怒鳴り合いの喧嘩？」

「うん……昨日も。四方堂の籍に入るとか入らないとか、くだらねーことで」

「なるほどねえ」

茶化すように軽く笑って、草薙が運転席の窓を少し開けた。紫煙がするすると逃げていく。

「あの堅物が、なんでボウヤみたいなのに手を出したのかわかった気がするよ」

カチンときた。草薙なら気持ちをわかってくれると思ったから打ち明けたのに。自分がつまらないガキだってことくらい、云われなくたってわかってる。

交差点で一時停止した車から、ドアを開けると柾はものも云わずに降りた。バーン！　とわざと乱暴にドアを閉める。

「送ってくれてどーもっ！」

「ああ？　おい、まだ家まで距離あるぞ。もう少しそのへんまで……」

「いらねーよっ。さよならっ」

そのまままっすぐ自宅へは向かわず、住宅街へ入っていった。遠回りだが、この近所にアルバイト情報誌を一日早く並べるコンビニがあるのだ。

暗くなるとこの辺りは人通りが絶える。一方通行の路地が多くて、住人以外の車はめったに入ってこない。

雨上がり。アスファルトが埃《ほこり》っぽい匂いをさせる入り組んだ路地を、クリーニング屋の角で右折したところで、突然背中を叩かれた。

「わっ！」

「よ！　偶然だな！」

「……び、びっくりした……」

鳥居だった。

「いま帰り？」

「うん、まあ……こんなとこでなにしてんの？」

「あー、ちょっと野暮《やぼ》用。なあ、駅ってどっちだっけ。なんか迷っちゃったみたいでよ」

「駅はそこの角左に曲がっ……うっ!?」

いきなり、後ろから布で口を塞《ふさ》がれた。ツンとくる刺激臭。後ろからぐいっと抱きかかえられ、身動きが取れない。くらっと目が霞《かす》む。

「おい、早くしろッ」

耳の後ろで、聞き覚えのある声が怒鳴った。

車のエンジン音。白いワゴン……だめだ……気が遠くなる……。

ずるずると引きずられて車に押し込まれた。抵抗はほとんどできなかった。

バタン、と車のドアが閉じるような音を聞いたのを最後に、柾は意識を失った。

14

「ん……」

軽いむかつきとともに目を開くと、天井の明かりがまともに目を刺した。眩《まぶ》しい。二、三度瞬きをして、ゆっくりと意識を眠りの底から呼び戻す。目が霞んで、頭が重い。吐き気もする。

（う……。気持ち悪い……なんで……？）

頭の芯《しん》がズキズキして、考えがうまくまとまらない。

体の向きを変えようとして、枉は、体の自由がきかないことに気付いた。

焦って頭を上げると、両足首が青いビニールロープでくくられている。両手は背中で縛られているようだ。そのときはじめて、自分が床に転がされていることに気がついた。

（そう……だ。鳥居に……）

後ろ手をもぞもぞさせながら起き上がる。霞む目をしばたいて、辺りを見回した。

誰もいない。天井の高い、高級そうな感じの部屋。

ダイニング兼用の居間らしく、大きなソファの右横に四人掛けのテーブルがあり、大きめのガラス瓶や、ドクターズバッグのような黒い鞄などが並べてある。

あの瓶のラベルは、エーテル——吐き気はあれのせいか。

(どこだ、ここ?)

後ろの大きな窓から夜景が見えた。あの明かりは都庁だ。新宿が近い。

部屋には三つのドアがあった。どれが出口だろう。柾はもぞもぞと体をよじって起き上がる。動くと眩暈《めまい》がしたが、そんなことといってられない。

(どっかにハサミかカッター……)

そうだ、キッチンなら——

するとドアのひとつが、突然ガチャリと音を立てて開いた。柾はビクッと身を縮めた。入ってきたのは鳥居だった。

「目が覚《さ》めたみたいっすよ」

「気分はどうだい、お姫さま?」

矢島宏明《ひろあき》が、その後ろから、好色そうな薄ら笑いを浮かべて、ドアをくぐってきた。

「てめーらグルだったのかよっ!」

「そんなかわいい口で、てめーらなんて云っちゃいけないな」

矢島は薄く笑い、柾の前に屈《かが》んだ。尻でいざって逃げようとする柾の顎を、しっかりととらえて揺さぶる。

「さあて…… 喋《しゃべ》ってもらおうか、かわいこちゃん。アレはどこに隠してるんだ?」

「……あれって？　なんのことだよ」

「とぼけたってダメだぜ。お見通しさ。トールのダチだろう？　東斗学園二年、岡本柾くん？」

「………！」

「制服なんか着てくるからだぜ」

鳥居が、非難するような口調で薄ら笑いの醜いニキビ面をひっかく。

「8ミリがなくなったのに気づいたのが遅くてね。犯人を捜しあぐねてたんだ。そしたら、昨日になってやっと鳥居が、キミの制服がトールのと似てたって云いだして、ピンときたのさ。トールがブツを盗んだ日に一緒に仕事へ出たのもキミだったしな」

矢島は万力のようなバカ力で、柾の顎を締めつけた。苦痛に顔が歪《ゆが》む。

「仲間はおまえ一人か？　それとも鳥居に紹介したライターもグルか？」

「っく……」

「トールが盗んだブツはどこにある？　警察に渡したなんてのはナシだぜ。盗んだものは返してもらわなきゃ困るんだよ」

「そーそー。困るのよ、おれら」

「おまえは黙ってろ！……なあかわいこちゃん？　取引しようじゃないか。クスリの在処《ありか》さえ教えてくれたら、このまま帰してやるよ。お家へ帰りたいだろう？　家の人も心配してるぞ」

「……知らねーよ」

柾はプイと横を向いた。

「知ってたって云うもんか。おまえらには絶対渡さない！」

「交渉決裂だな。まあいい、すぐに後悔させてやるよ。おい」

矢島は偉そうに顎をしゃくった。

鳥居がテーブルの上のバッグから、切手大のビニール袋を取り出すのが見えた。アルミホイルを切り、その上に氷砂糖のような覚醒剤の塊を少量落とし、下からライターで炙《あぶ》る。

「量を加減しろよ。死なせちまっちゃなんにもならないんだからな」

「わかってますよ」

「へマばっかりしやがって……」

矢島は舌打ちし、柾の怯えた顔を見下ろすと、ニヤッと嗤《わら》った。

「安心しろよ。キミは殺さないさ。薬漬けにしてたっぷりかわいがってやるからな」

「やっぱりおまえが吉川を殺したのか！」

「人聞きが悪いな。あれは事故さ。あのバカが量をちょっと間違えてね、気持ち良くしてあげるつもりがホントに天国へ行っちまったってわけ」

矢島は悪びれもせず肩を竦める。

「それに悪いのはトールのほうだぜ？　クスリを五キロも盗んだ上に、警察に密告されたくなかったらテープをよこせなんて脅してきやがった。仲間を裏切ったバチが当たったのさ」

「なに勝手なこと云ってんだよ！」

「さあ、お喋りはそこまでだ。いい子にしてろ……すーぐに天国へ連れてってやる」

「………！」

いきなり唇を塞がれた。侵入してきた舌に嚙みつく。顎を摑まれ、したたか頰を打たれた。

「み、皆美さん!?」

鳥居が慌てたように叫んだ。柾の顎を摑んだまま、矢島がドアを振り返る。

ドアのところに、皆美が立っていた。

矢島が苛々したように怒鳴った。

「なにやってんだ、こんなところで。今日はT大臣と会う予定だろうが」

「ほー。T大臣もおまえんとこの客かぁ」

どこかのほほんとした響きの、通りのいいバリトンが、その背後から聞こえた。

「高飛びする前に、おれに客のリスト売らねえか？　高く買うぜ？」

柾は目を見開いた。

皆美の背後からぬっそりと現われたのは——草薙傭《よう》！

「草薙さん！　なんでっ……」

「なんでじゃねえだろ。お迎えに来たんだよ。ったく、しょうがねえなあ。寄り道はいけないってガッコで習ったろうが」

草薙は下手《へた》くそなウインクをよこした。

「ボウヤがいつまでも帰らないって、貴之が怒鳴り込んできたんだぜ。ごまかすのに苦労した。おおっと——動くなよ」

草薙は、背後に持っていたサバイバルナイフを皆美の頬に押し当てた。皆美は強張った顔でナイフの切っ先を見つめている。

「や、矢島さん、こいつです。草薙ってライター！」

泡を食った様子で鳥居が叫んだ。

矢島は、ゆっくりと立ち上がり、草薙に向き合った。

「デイトナの前で皆美チャンとばったり会ってね。お仕事にお出かけのようだったんだが、ちょいと寄り道して案内してもらったんだよ」

「ひ…宏明……！」

皆美が悲痛の叫びをあげた。

華奢《きゃしゃ》な喉にナイフの切っ先が食い込む。皆美は恐怖のあまり顔色を失っていた。

「助けて、宏明っ」

「そのボウヤを放してもらおうか。大切な預かり物なんだ。妙な真似をすると、かわいい恋人の顔に傷がつくぜ」

「……傷でもなんでも勝手につけろ」

「意地を張るなよ。おれがここでこの子を刺しても、多少過剰だが正当防衛扱いだ」

しかし、矢島は動じなかった。

「どうぞどうぞ。なんなら殺してくれてもいいぜ。とうに持て余してたところだ。こっちもバラす手間が省ける」

「…………」

「わかったらナイフを捨てろ」

矢島が居丈高に命じた。

その瞬間、それまで余裕の表情だった草薙の顔が、さっと曇った。

訝しむ柾の顔を困ったような目でちらっと見やり、大仰に肩を竦める。

「……分が悪いわな」

草薙は呆気《あっけ》ないほど簡単にナイフを捨ててしまった。突き放されて皆美が、よろけて床につまずく。

「なっ……!」

なんで捨てるんだよ!? 怒鳴りかけた柾は、頭上のガチッという金属音に、ハッと身を強張らせた。

矢島が、小型拳銃《けんじゅう》の銃口を、柾の頭に突きつけていた。

「ものわかりがよくて助かるよ。頭の後ろで手を組んで床に伏せろ！　おい、鳥居！　ぼけっとするな！」

「は、はい」

鳥居が慌ててテーブルの上にあった細いビニールロープで、草薙の両手両足をがんじがらめにする。

「飛んで火にいるなんとやら、だな」

矢島は削《そ》げた頬に酷薄そうな笑みを浮かべ、床に転がされた草薙の顔を銃で殴りつけた。さらに銃口を向けてトリガーに指をかける。

「やめろ！　その人殺したらクスリは戻ってこないからな！」

柾はとっさに叫んだ。

「クスリはその人に渡した！　どこに隠したかおれも知らない。その人殺して後悔するのはおまえらの方だぞ！」

矢島の鋭い視線が、ぎろっと柾へ向いた。

額《ひたい》にじりっと冷たい汗が滲む。

「本当か」

「嘘《うそ》かどうか、やってみろよ！」

矢島は考え込むふうに、下唇を吸い込んだ。

「……ふん。まあいいさ。どのみちここでバラすと面倒だからな、クスリの在処《ありか》を吐かせたら皆美とまとめて始末してやるよ。心中みたいにしてな」

「宏明……！　宏明！　いやだ！　どうして⁉　ねえっ！」

草薙の手足を縛って転がした鳥居が、矢島に駆け寄ろうとした皆美の手首を取り押さえる。

「はなせよッ！」

「矢島さんはそっちのボウヤとお楽しみだってさ。へへ……来いよ。バラす前におれがかわいがってやるよ。いいでしょう、矢島さん？」

「いやだ！　だれがおまえなんかッ……宏明、宏明ッ！」

泣き叫ぶ皆美に、矢島は鬱陶《うっとう》しそうに顎をそらした。

「好きにしろ」

「……だとさ。かわいがってやるよ」

皆美は愕然《がくぜん》と、大きな目を見開いた。

支柱を失ったかのようにガクンと体から力が抜け、鳥居がやすやすとその体を床に押し倒した。

シャツがナイフで引き裂かれ、痛々しいほど青白い、薄い胸があらわになる。鳥居が乳首にむしゃぶりつく。

皆美は死んだようにじっと目を開いて、矢島を見つめていた。悲痛な深い絶望が、人形のように表情を失った美しい顔を、色濃く縁取っていた。

「どっち見てるんだ、かわいこちゃん。おまえの相手はこっちだ」

「あ、っ！」

ビッと制服のボタンが飛んだ。

上体をひねって逃げようとした柾を、馬乗りになった矢島が、真上から押し摑む。ずしっと体重をかけられ、柾は喘いだ。二人分の体重を支えかねて、背中の下の手首がきしむ。

「どけッ！　ちくしょうッ」

「うるさいんだよ」

強烈な平手打ち。じぃ…んと耳が痺れ、しばらくの間、音が遠のいた。

「かわいがってやろうって云うんだ。おとなしくしてろ」

布の上から股間をグッと摑まれ、一瞬手放しかかった意識が痛みで戻った。

じんじんする頰を床にすりつけて、ずり上がろうと芋虫《いもむし》みたいにもがいた。さらに股間をグリグリッと揉《も》まれる。苦痛に涙が滲んだ。

「ひ、ぃッ……やめ……！」

「痛いか？　だったらおとなしくしてろ。痛いばかりじゃないさ」

くくっ、とヤニ臭《くさ》い息が笑った。

ワイシャツのボタンがぜんぶ飛んだ。矢島は柾の胸に、生温かい手の平を、絨毯《じゅうたん》の手ざわりでも試すかのように、じっくりと這わせる。

ザワッと鳥肌が立つ。貴之以外のだれにも許したことのない肌だ。恐ろしさよりも怒りよりも、汚辱感が先に立った。

「やめろ！　さわるなッ」

「いい膚《はだ》だ……一度知ったら忘れられなくなる体だ。淫乱《いんらん》の膚だな」

「いやだッ……」

「うるさいぞ」

ぐっと喉を摑まれた。

「あんまり騒ぐと、喉を潰《つぶ》すからな」

「……っ」

矢島の目はゾッとするほど冷静だった。狂気を孕《はら》んだ静けさ——背筋が冷たくなる。

「いや……アアアッ！」

頭の横で、皆美の悲鳴があがった。

四つん這いになった皆美の上に、男がのしかかって激しく腰を使っていた。

矢島が柾の喉を摑んだまま、片手で乳首をひねり上げた。

「ッ……！」

柾が思わず悲鳴を嚙んだのを見ると、おもしろそうに、さらに爪を立てる。

柾は奥歯を嚙みしめて声をこらえた。悲鳴なんか――こんなヤツに、聞かせてやるものか！

「うぐ……！」

ぐっと喉が締まる。柾は思わず口を開けて、はっ、はっ、と浅く息を吸う。

矢島は、柾の胸の上に馬乗りになると、片手で器用にズボンのジッパーを下ろした。男の黒光りする怒張が、柾の口の前でぶるんと震えた。

ギュッと目をつむって顔を背けようとしたが、胸の上に乗られているのと、喉を摑まれているのとで、どうにもならない。

口を閉じようとするとギュッと喉を絞められる。苦しい。咳《せ》き込んだ。

「舐めろ」

先走りをしたたらせた怒張から、柾は顎をそらす。こんなモノに口をつけるくらいなら、窒息《ちっそく》死したほうがマシだ！

矢島は苛立ったように柾の頬を摑み、鼻をつまんで、無理やり口を開かせた。

「……うぐ……っ」

巨大なペニスが、ずるりと柾の口腔《こうこう》内を犯した。下顎を摑まれ、喉の奥までぐっぐっと差し込まれる。吐き気がぐうっと込み上げた。

「舌を使えよ。やったことないのか？」

「うっ、う、うっ」

「歯を立てるなよ……立てたら――殺すぞ……」

男の息使いが荒くなる。柾の髪を摑んでさらに怒張を突っ込むと、自分でも腰を使い始めた。

柾は血が滲むほど手の平に爪を立てた。苦しさと激しい屈辱に、涙が溢れた。

「うっ、くっ、そうだ、ううっ、いいぞ、いいぞ……っ」

「うぐ……」

ぶるっと腰が震え、喉の奥にびしゃッと熱いものが叩きつけられた。

「げ……ふ……っ」

「かわいい子だ……」

矢島は荒い息をつきながら、しばらくそのままで、柾の苦しむ表情を楽しんでいた。

男のモノが、疲れを知らぬかのように口の中で再び力を持ち始めると、やっと柾を解放した。

「げふっ……げほっ、げほっ……」

柾は吐き出された精液にむせて、身を折って咳き込んだ。

矢島は、ダイニングテーブルに立っていった。アルミホイルの上で溶かしたクスリを、コンドームをはめたペニスに塗りたくるのが、涙で滲んだ視界に入った。

粘膜塗布――いつかの草薙の説明を思い出し、柾は青ざめた。あんなものが直腸から吸収されたら――！

矢島はじゅうぶんにクスリをまぶすと、戻ってきざま、草薙の前に立ち止まった。

「どんな気分だ？　かわいいボウヤを目の前で犯《や》られるのは」

「……そんな粗チンじゃ、おれのイイ子は満足しねーぜ」

よせばいいのに、腫《は》れた口でヘラヘラ笑ってみせ、カッとなった矢島に、頬と額をしたたか打たれた。

「……これで三発だ」

額が割れ、血が流れ出していた。

「借りは三倍返しにする主義でな。楽しみにしてろよ」

「あの世でも憎まれ口が叩けりゃいいがな」

「ッ！」

みぞおちに足がめり込む。草薙はぐッ……と短く呻《うめ》いたきり、体を丸めてぐったりとしてしまった。

「矢島さぁん、おれにもクスリくださいよ」

「勝手に取れ」

鳥居が皆美を放し、いそいそとテーブルにやってくる。

皆美は壊れた人形のようにうつろな顔で、それを眺めていた。鳥居はアルミをライターで炙りながら、煙草にも火をつけた。

「待たせたな。天国へ連れてってやるからな」

「……ッ！」

矢島が柾の肩を引っ摑んで、無理やりうつ伏せにさせた。ズボンを下着ごと膝《ひざ》まで引き下ろす。

ひやっとするクーラーの風が、剝き出しの尻をなぶる。

恐怖が一気に高まった。

床に片頰を押しつけてもがいた。矢島が足首の紐を摑んで引きずり戻し、柾のズボンを足首まで下ろす。

ウエストに手を入れて、引き締まった尻を高く上げさせる。

「かわいいアナルだ。どオれ……味見してやるよ……」

「ひッ」

ぬめぬめする熱い舌が、ぴちゃ……とアヌスを舐めた。おぞましさにゾオッと総毛立つ。

（い……やだっ！　いやだッ……）

（貴之！）

（ちくしょう……ッ）

アヌスに指がグイと差し込まれた。柾は痛みと屈辱に全身で震えた。

そのときだった。

「うぎゃあっ！」

悲鳴。

ハッと目を開けた。鳥居が、下半身裸のまま、顔を押さえて床にのたうち回っている。

「カ、カオ、顔があ……！」

「ううッ！」

今度は背中で、くぐもった声がした。

柾は体をよじって矢島を見上げた。

「て……めぇ……ッ」

矢島が、脇腹《わきばら》を押さえて立ち上がる。その胸へ、皆美が、もう一度よろめくように飛び込んだ。

「う……がっ……」

矢島は腹を押さえてガクッと膝をついた。

皆美はふらっと後退《あとずさ》った。

呆然《ぼうぜん》と見開いた目で、べったりと血のついた自分の手を見つめる。青白い胸に、手に、顔に、血飛沫《しぶき》が散っている。

「抜くな！」

草薙が一喝した。矢島が、腹にめり込んだナイフを引き抜こうと苦悶していた。

「バカ、抜くな！　よせ！」

矢島はよろよろと立ち上がり、腹からナイフを引き抜いた。間欠泉《かんけつせん》のように血が噴き出して皆美の顔に撥《は》ねた。

「て……め……ッ」

ゆらりと矢島は立ち上がり、皆美のほうへ手を伸ばそうとした。が、力を失って、テーブルへ倒れ、ガラガラとテーブルの上の物をなぎ倒して床に崩れ落ちた。エーテルの瓶が落ちて割れ、そこに煙草の火がパッと燃え移った。

皆美は、呆然とした顔でそれを見つめている。――まるで、なにも映していないかのような目。うつろな目。

「かっ、顔が、顔がっ」

鳥居が血まみれの手で床をひっかく。

「うるさい！　死にゃしねえ！　ボウヤ！　立てるか!?」

火がエーテルを舐めてパアーッと燃え広がっていく。煙が立ち上る。

「立て！　逃げろ！」

「……あ……」

「しっかりしろ、ボウヤ！」

草薙の大声に、柾はやっと我に返った。辺りを見回す。

矢島を刺したナイフが、一メートル右に転がっていた。

全身を使って芋虫のように、すべる床を必死に這い、背中の手で、血まみれのナイフを摑んだ。

ぬるぬるすべる。炎の焦げる匂いが鼻先に迫ってくる。

夢中で、半ば引きちぎるようにヒモを切った。ビニールロープはブツッという呆気ない手応えとともに切れた。

煙に咳き込みながら、もどかしく足の紐を切り、立ち上がりかけて、足もとまで下げられたズボンにひっかかって横転した。

火がカーテンに燃え移った。すさまじい速さで燃え上がっていく。黒煙が立ち上る。

柾は草薙のもとへ走った。手と足のロープを切り、振り返る。矢島がテーブルの下でヒクヒクともがいている。

「立て！」

草薙が鳥居の腕を摑んで引っ立てる。

「外へ出ろ！　煙が回るぞ！　早くしろ！」

「でも！」

「おれが行く！」

火は部屋中を席捲《せっけん》しようとしていた。ソファにも燃え移り、もはや手のつけられない状態だった。

部屋中もうもうと黒煙が立ちこめている。草薙がシャツの袖で口を押さえて、火の中へ飛び込もうとした。

「来るな！」

皆美の絶叫。草薙がハッと立ち竦む。柾も、もうもうと立ちこめる黒煙越しに、咳き込みながらビクッと竦んだ。

皆美が銃を構えていた。

「来るな！　ひ……宏明はぼくの……ぼくだけのものだ！　さわるなッ！」

「落ち着け――銃を置くんだ」

草薙がそろりと手を伸ばす。

その目の前で、炎がグワッと天井まで躍り上がった。草薙の手を一瞬、炎が包んだように見えた。

「うわっ……！」

「草薙さんッ！」

「だめだ！　出ろ！」

「でもっ……！」

草薙と煙に追い立てられながら、柾は皆美を振り返った。

血に濡れた手が、矢島の顔を胸に抱き寄せる。もうぴくりとも動かない矢島を。血まみれの指で唇をなぞる。ぴくりとも動かない瞼を。

皆美はゆっくりと、銃先をこめかみに当てた。パァン！　と、風船が割れるような音が炸裂した。

「見るな」

草薙が柾の首を押さえつける。しかし柾の目は、燃え上がる炎のカーテンの向こうに、矢島の上に重なるようにゆっくりと倒れる皆美の姿を、とらえていた。

エピローグ

熾烈《しれつ》な真夏の太陽が、短く刈り込まれた真っ青な芝生《しばふ》にじりじり照りつけている。

ジョワジョワジョワジョワジョワ……耳に滲み入る蟬《せみ》の声。午後二時、目も眩《くら》む陽差しに、膚が音を立てて焦げていくみたいだ。

Tシャツとハーフパンツ姿で庭木や芝生に水を撒く柾の顔に、大粒の汗が浮いては流れる。

「柾ぼっちゃま。スーパーにお使いに行って参りますけれど、なにか欲しいものございます？」

家の奥から三代《みよ》が出てきて、水撒きのホースを一心不乱にさばいている柾に声をかけた。

「あらまあ、帽子をかぶらなきゃ日射病になりますよ」

「はーい。夕飯なに？」

「暑気払いにすき焼きか、焼肉にしましょうか。今日は貴之ぼっちゃまも早くお帰りになるそうですから」

「うん。あ、アイス買ってきて！」

もう一人の家政婦と車で出ていく三代に手を振り、さてもうひと踏んばりと、中庭へホースをずるずる引っ張っていく。

白玉砂利を敷き詰めた広い中庭には、桜の老木があって、いまは緑がやさしく木陰を作っている。

春には見事な花で目を楽しませてくれる桜だ。毛虫芋虫も多くて、いまは蟬が大合唱している。

ホースの先を潰して、太陽に向けて虹《にじ》を作ったりしながら、ハーフパンツの太腿までびしょ濡れになって水を撒いていると、家の陰に、人間の影が動いた。

てっきり貴之かと思って振り返ると、

「よぅ。暑いのに精が出るな」

肩から緑色の大きなデイパックを下げ、シャツに色褪せたジーンズの男が立っていた。

「草薙さん⁉……わたたっ」

びっくりして手もとが狂い、ホースの水が草薙のジーンズに跳ねた。おお、水浴び、なんて草薙はのんきに笑う。

「ごめん！　けど、どうやって入ったの。セキュリティシステム……」

「裏門。鍵開いてたぜ。ずいぶん不用心だな」

「あれ、配達の人用にときどき切ってるんだよ」

水を止め、ホースを巻いて戻ってくると、草薙は日本間の濡れ縁に腰掛けて、檜《ひのき》の柱に寄りかかっていた。ちょうど桜の枝が涼しい影を落としている。

「蟬がうるせーなあ。耳がおかしくなりそうだ」

「このへん緑が多いからね。どうしたの、急に」

「バイト代、未払いだったろ」

と云って、尻ポケットにねじ込んだ二つ折りの茶封筒をくれた。人肌に温まった封筒には、
諭吉様が、いち、にい、さん、し、ご……

「こんなに⁉」

「ボーナス込みだ」

と、下手くそなウインク。

「ありがとうございました。すっげー助かる。本、いつ出るの？」

「十月。昨日入稿がすんだ。見本が刷り上がったら一番に送ってやるよ」

「うん、サンキュ。……どっか行くの？」

足もとに下ろしたデイパックを見て尋ねる。

「ああ。ちょっとニューヨークへな。本が出る頃にはまあ、帰れるだろ」

「ニューヨークかあ……じゃあしばらく会えないね」

草薙はふっと笑った。

「発《た》つ前にバイト代を渡してやろうと思って寄ったんだ。元気そうだな。あれ以来、けっきょくまともに話ができなかったからな」

「うん……」

柾は喉の汗をTシャツの裾で拭い、隣に腰掛けた。

「でな。こいつをさ……どうする？」

草薙はデイパックのポケットから、8ミリテープを取り出した。

「……吉川の？」

「ああ。デイトナから他のテープは出なかっただろ？　マンションに隠してあったマスターも燃えちまったしな。これがたった一本残った物証だ。どうする？　こいつも警察に提出するか？」

「……おれが決めていいの？」

草薙は黙って柾にテープを渡してくれた。

「ライター持ってる？」

柾はカセットのツメを上げて、中身の黒いテープをピーッと引っ張り出した。コンクリートの敷石に丸めて置くと、草薙がテープの端にライターで火をつけた。

めらっと燃え上がった炎が、ゆっくりと大きくなっていく。

あれから二週間。

デートクラブ〝デイトナ〟を使った麻薬密売は、ワイドショーでも取り上げられるなど一時は話題になったものの、その直後持ち上がった有名タレントの隠し子騒動に紛れてすぐに下火になった。クラブの会員に政府高官が大勢いたことや、彼らが麻薬密売にかかわっていたことなどが表沙汰《ざた》にならなかったせいでもある。

岡本柾の誘拐容疑で逮捕された鳥居は、バックを失ったとたんにペラペラとよく喋り、その供述によって、吉川殺害の詳細も明らかになった。

それは、ほとんど、柾と草薙の推理したとおりだった。

矢島に脅迫されていた吉川亨《とおる》は、クラブから覚醒剤五キログラム、末端価格数億円を盗み出し、これと引き換えに、脅迫に使われたビデオテープを要求。矢島と鳥居は、柾を拉致《らち》したのと同じ手順で吉川を拉致し、盗んだ覚醒剤の隠し場所を吐かせるには吉川自身を麻薬中毒にするのがてっとり早いと考え、数度にわたって覚醒剤を注射した。

しかし、量を誤り、吉川は死亡。矢島は死体を旅行用のトランクに詰め、鳥居と皆美に、円山町のラブホテルに搬入させた。死体と凶器の注射器をホテルルームへ置いて、二人はホテルを出る。そしてその数時間後、吉川は遺体となって発見されることになる——

ビデオテープは、蛇のようにシュルシュルと蠢《うごめ》きながら、みるみる黒く焦げていく。

(これでいいんだよな……吉川)

たとえ、これで覚醒剤を盗んだ動機を裏づける物証がなくなろうと、それが裁判にどう影響しようと。あいつはビデオが公になり、人目に曝されることだけは望んでないはずだ。最期までこのテープを守ろうとしていたのだから。

鳥居は、覚醒剤取締法違反、及び吉川亨の殺害容疑で再逮捕された。

柾が証拠として提出した五キロの覚醒剤が功を奏して、デイトナの背後にいたチャイニーズマフィアのルートも摘発される見通しだ。

草薙傭は、拉致された知人の甥《おい》を救出した勇敢なルポライターとして、お叱《しか》りはあるにはあったが、お咎めなし。柾は、二人の悪漢に攫《さら》われた悲運の少年として、これもお咎めなし。

ただし、吉川の遺《のこ》した覚醒剤については、すべて詳《つまび》らかにした。もちろん、例の草薙の脚色つきで。

いわく。吉川から生前預かった荷物を開いてみると、氷砂糖が入っていた。覚醒剤とはゆめゆめ思わず、遺族にも返しそびれていたが、叔父の知人から、それは覚醒剤の可能性もあると忠告を受け、警察へ届け出ようとした。どこからかそれを嗅《か》ぎつけた矢島たちが、阻止しようとして拉致に及んだ……というものだ。

ついでに、柾はデイトナなどといういかがわしいデートクラブの存在はまったく知らず、客に配られたリスト中にいる「マサキ」とは、全くの赤の他人である。

もちろん、こんなぬるい云いわけがすんなり通ったのは、四方堂グループ総帥が裏から手を回したせいだ。

四方堂グループの御威光で、警察は終始、柾を下へも置かぬ扱いだった。草薙への追及も、おかげでかなり甘かったらしい。

貴之には、けっきょく、すっかりなにもかもバレてしまった。

柾は板間に三時間半も正座させられ、きっつ——————いお説教を聞かされた。

そして最後に、

「もう心配をかけないでくれよ……？」

と、ぎゅうっと抱きしめられ、

「うん……約束する」

答えると、さらに三時間、その言葉を体で誓わされた。

「いっ、いや！　やだ！　やだもうっ…死んじゃうッ」

「これくらいで死ぬものか……。そら——まだ入る。まだ入るぞ」

「ひいっ……い、痛いよォ」

「なにが痛いものか……ちゃんと勃ってるじゃないか。こんなに硬くして……×××もぬるぬるだぞ」

「ああっ……ヘンタイっ……」

「云ったな？　まだ反省が足りないようだ……そら、ごめんなさいは？」

「あああっ……イイ、よおぉっ……イイッ、イイッ！」

「イイ、じゃないだろう？　ごめんなさいだ。ちゃんと云えるまで抜いてやらないぞ」

「やだやだっ……抜いちゃやだっ……」

一方、デイトナの会員たち、財界の大物や政府高官たちの名を連ねた顧客リストは、闇《やみ》から闇へ葬られた。

バイトをしていた少年たちは、店のリストからある程度身元が割れたが、厳重注意だけで無罪放免。この国では、同性同士の売春行為は、厳密には罪に当たらないのだ。

マンションの火災は、あの一室を全焼して消し止められた。焼け跡からは矢島と皆美の遺体が折り重なるようにして発見された。

「……皆美は、なんで自殺なんかしたのかな」

炭化していくテープを見つめて、柾はぽつりと呟いた。

「そりゃ、矢島を愛してたからだろ」

ライターで煙草の先を炙りながら、草薙は云った。浮かぬ顔で、柾は膝に頬杖をつく。

「けどさ、自分を殺そうとしたやつだよ？　死ぬことないのに。あれじゃ無理心中みたいじゃんか」

「みたいじゃなくて、ありゃ紛れもない無理心中だよ」

青空に向かって吐き出した煙が、ふーっと散っていく。

「あれからちょっと調べてみたんだが、あの二人は同じ施設の出身でな。皆美はガキの頃から矢島に対しては盲信的で、施設を出た後も奴の後を追っかけて、一緒に暮らしてたらしい。矢島はヒモも同然だったようだな。生活費のほとんどは、皆美が体を売って稼いでた」

蟬の声がひときわ大きくなる。

「捨てられないためにはなんだってしてたんだろう。身も心も捧げて、尽くして尽くして——だが矢島はそんな皆美が重荷だった。浮気をする。矢島の気持ちを取り戻そうといっそう皆美は尽くす。そしてまたうんざりした矢島はまた浮気をする」

「堂々巡りだね……」

「そうだな。皆美ももうそんな堂々巡りに疲弊しきってたんだろう。矢島を刺したのは、そんな輪っかを断ち切るためだった。殺しちまえば、もう自分以外の奴を抱くこともない。嫉《しっ》妬《と》に苦しむこともない……永遠に自分のものだからな」

「……よく……わかんないな。おれには」

柾は膝を抱え込んだ。こんなに陽が差しているのに、なんとなく寒々しい気持ちだった。

「ボウヤはそれでいいのさ。健全な人間がシンパシーを抱《いだ》くような話じゃない。わからないってことは、ボウヤがすこぶる健全な普通の男子高校生だってことだ」

草薙は立ち上がると、テープの燃えかすから立ち上る煙の行方を追うように空を見上げた。その横顔が、どことなく寂しげに見えた。

草薙にはわかるのだろうか。皆美の気持ちが。そんなにまでして誰かを自分のものにしたいという、狂おしいほどの想いが。そんな気持ちを、誰かに抱いたことがあるんだろうか
……？

見上げた夏空は、滲みるほど青く澄みきっていた。入道雲に溶けていく白煙の行方を追って、柾はしばし、黙禱《もくとう》を捧げた。

「……しっかしなあ」

草薙が二本めの煙草を咥える。

「なーんであんな男がよかったのか、おれにゃとんとわからんね。真珠でも埋めてやがったのか？」

「シンジュ？」

「知らないか？　パチンコ玉みたいなやつをな、ナニに埋め込むんだよ。アソコがこすれてたまんねえって話。……そういやボウヤ、咥えたっけな。どうだった？」

「どっ……」

人がシリアスになってりゃなに云い出しやがる、このクソオヤジ！

「覚えてねーよそんなのッ」

「本当かァ？　貴之のとどっちが大きいか比べてたんじゃねえのか？」

「ばっかじゃねーの！　お礼云ってやろうと思ってたけどやめた！」

「礼？　礼よりも餞別《せんべつ》くれよ」

大きな手の平が、陽焼けしたなめらかな頰を包む。接近してくる草薙の顔が、柾の上に大きな影になって落ちる。

「ちょっ……なにすんだよッ」

「餞別。ほっぺにちゅーくらいさせろ」

「やだよ！」

「冷てえな。危険も顧みずに敵陣へ乗り込んで助けてやった恩人だぜ。それくらいしたって罰《ばち》は当たらねえぞ」

「知るかよっ、やだよ、やめろって……あだっ」

んーっと尖らせた口を押しつけてこようとする草薙の顔を押し退《の》けるうちに、濡れ縁につ
いていた左手が滑って、床板にゴチンと頭をぶつけてしまった。

「いってーっ……」

「おとなしくしてねーからだ」

草薙がくっくっと笑いながら、頭を押さえて悶絶する柾の上へ覆い被さった。大きな手が、前髪をくしゃっと掻き上げる。意外に優しい眼差しで覗き込まれて、柾はなんだかドキリとした。

「貴之はどうだった。なんか云ってたか」

「……がっつり怒られた」

「そうか。お尻ペンペンされたか」

「なに考えてんだよ、エロジジイ」

「そういや、この間は、貴之と差がありすぎる、釣り合わないっていじけてたっけな」

「……もういいよ、その話は」

ふてくされたように顔を背ける柾を見て、草薙はにやにや笑っている。

「学生時代、あいつの周りには取り巻きや同じ財閥子息がいつも群がっててな。けど不思議と、誰ともつるんでる感じはしなかった。いつも冷静に周囲を観察してるようなところがあって、正直おれも近寄りがたかった。社会人になって再会したときは、冷淡さにさらに輪がかかってたな」

「だからわかったって。おれがガキだから貴之をイライラさせるんだって云いたいんだろ。それくらい自覚してるよ」

「少なくとも、大学時代のあいつは怒鳴りあいの喧嘩をするような男じゃなかったぜ。あの四方堂貴之が、ずいぶん人間らしくなったもんだ。ボウヤにだけは、さすがのあいつもスカした顔をしてられないってわけだな」

「だからそれはおれが……」

「ボウヤのそばにいるときだけ、あいつは四方堂貴之じゃない、ただの男に戻れるってことさ。だからボウヤを選んだんだ。だろ、貴之？」

「え……」

「それがどうした」

柾の頭上で、みしりと畳が鳴った。

ハッと目線を上げると、視界の中に白いものがピカリと光った。

「さっさとどけ、下郎。いつまでくっついているつもりだ」

「……おっかねーなあ」

額へぴたりと突きつけられた白刃を、ひょいとくぐって体を離す。視界を遮るものがなくなり、ようやく事態を飲み込んだ柾は、思わずげっと呻いた。

貴之が座敷の上から、愛刀の切っ先を、草薙の喉もとへ突きつけていた。

「ほっぺにちゅーくらいサービスさせろよ。金持ちほどケチってのはほんとだな」

「ほざけ。キスだろうが髪の毛一本だろうが、貴様にくれてやるものなどひとつもない。さっさと失《う》せろ、この疫病神め」

貴之はじりじり間合を詰め、草薙の喉もと、白刃をさらに突きつける。

「トラブルメーカーなのはボウヤも同じだと思うがなあ……」

ホールドアップでぼやく草薙に、柾はガバッと跳ね起きた。

「あーっ！　人のせいにするなよなっ。そっちだって同罪じゃんか」

「おれは最後まで反対したぜ」

「ずっりー！　これだからオヤジはさ！」

「事をこじらせたのはボウヤのほうだろ」

「こじれる前に警察行くって云ったのにそっちが邪魔したんじゃん」

「行っても行かなくてもどうせ同じ――」

「いい加減にしろ！　おまえたちは自分の置かれた立場をわかっているのか⁉」

こめかみに血管を浮かして貴之が一喝した。

柾は思わず肩をすぼめたが、草薙はのほほんと笑っている。

「まあまあ。そんなに怒ると皺が増えるぜ」

「誰が怒らせている！」

「おれかなあ」

「かなあじゃない、貴様のせいだ！」

「まあまあ。そうとんがるなよ。久しぶりに会った友人に茶くらい出せって」

「貴様に出してやるような茶などこの家にはない」

「冷てえなあ。昔学食でおごってやった恩も忘れて……」

「貴様が一度でもおごったことがあるか。年じゅう赤貧でピーピー云ってたくせに……食わせてやったのはわたしの方だ。いつもいつも人の財布を当てにして学食についてきたのはどこのどいつだ」

「おまえが一人でメシ食うのはさみしいだろうと思ってさ」

「……ふーん。なんだ、ほんとはけっこう気が合うんだ」

二人のやり取りを意外な面持ちで眺める柾を、貴之が険しい顔で振り向く。

「合うものか」

「照れるなよ。おれはいつでも国交復興してやるぜ」

「断わる。貴様とは二度とかかわるまいと七年前に決めたんだ」

「なんだ……まだ根に持ってるのか」

「根に持っているのかだとう……っ!?」

貴之の眦《まなじり》に力がこもる。

「人を売っておいてよくもぬけぬけと……!」

「……売った？　なにそれ？」

どちらへともなく柾が訊くと、草薙がポリポリ額を掻いて、答えた。

「うーん？　大学四年のとき、単位がひとつ足りなくてな。担当教授にかけ合ったら、願いを叶えてくれたら単位くれるって云うんで……」

「この男は単位と引き換えに、ゲイで有名な教授にわたしを売ったんだ」

「ゲ……」

……絶句。

「人聞きの悪い。マンションの合鍵渡しただけだぜ。その後のことは一切関知してない」

「ぬかせ！　おかげでわたしは大学院進学を断念せざるを得なかったんだ！」

「そーいや、ホモ山、あの直後、複雑骨折で半年入院したっけなあ……。そっかあ。おまえがアメリカに行っちまったのって、おれのせいだったのか」

草薙は、のほほんと顎を撫でている。

なーるほどね……。柾は妙に納得して頷いた。

貴之が、柾と草薙とのつき合いを反対した本当のところの理由が、なんとなくわかった気がする。

「もう七年も前だぜ。時効だろ」

「貴様にそれを云う資格があると思っているのか！」

「まあな。そりゃそうだ」

のっそりと髪をかき回して、草薙は立ち上がり、大きなデイパックを肩に担ぎ上げた。

「首がつながってるうちに退散するか。ああ……そうだ、これ返さなきゃな」

デイパックの底から、白いビニール袋を引っぱり出す。

「なんだ」

「ボウヤの下着とジーンズ」

「下着……？」

「わあッ！」

貴之が受け取る前に、袋をパッと引ったくる。

「なっ、なんでこんなとこで渡すんだよっ」

「まずかったかァ？」

「……ほう。まだなにか隠し事があったようだな」

じり、と貴之が間合を詰めた。柾は首を縮めてあとじさる。

「どういうことか、説明しなさい」

「そ、それは……だから……」

「説明もなにも……なあ？　野暮云うなよ」

横から草薙が口を挟んだ。

「わかるだろ？　下着とズボン脱ぐ用件っていったら……」

草薙はニヤッとした。

「コーヒーこぼしたんだよ」

「そう！　そうだよ。こないだも話したじゃん」

ほーっと胸を撫で下ろす。草薙の目が、貸しひとつな、と笑ってる。

しかし貴之は納得できかねる様子で涼やかな眉をひそめる。

「どうも云いわけくさいな。ジーンズはともかく、なぜ下着まで……」

「疑い深いのは老化の証拠だよ。あーっと、時間だ。バイト行こーっと！」

「なにっ？　待ちなさい！　バイトは辞める約束だろう！」

「よせよせ。そんなに束縛すると嫌われるぜ」

「うるさい、貴様に云われる筋合いは——柾！」

貴之の怒号を縫って、柾は門を飛び出した。

「柾っ！　待ちなさい！」

「行ってきまーす！」

青く澄んだ空、蟬の鳴き声が、またひときわ高くなる。

春にして君を離れ

「だめだ」

株式欄に目を落としたまま、貴之《たかゆき》は冷ややかに斬《き》って捨てた。

「だめだと云《い》ったら、絶対にだめだ」

四月の宵。サイフォンからコーヒーの薫《かお》りが漂うリビングルーム。

午後十一時、四方堂《しほうどう》貴之の、ひとときのくつろぎタイムである。

「嫌だって云ったら、ずぇーったいにヤだ」

その横で、ソファの肘《ひじ》掛けに尻《しり》をのせ、柾《まさき》がプイと顎《あご》をそらした。洗いたての髪のシャンプーの匂《にお》いが、貴之の鼻腔《びこう》を快くくすぐる。

Vネックの麻のセーターからこぼれる鎖骨、ハーフパンツから伸びる柔らかそうな太腿《ふともも》はキスしたいほど魅惑的だったが、新聞越しにちらと視線をやったきりおくびにも出さず、貴之はそっけなくくり返した。

「だめだ」

「なんでっ。——人の話、新聞読みながら聞くのやめろよなっ」

苛立《いらだ》った柾が貴之の手から経済紙を引ったくる。貴之は溜息《ためいき》をつき、テーブルの別の新聞に手を伸ばした。

「話はちゃんと聞いている。アルバイトなどする必要はない。同じことを何度も云わせないでくれ」

「だから、なんでだって訊《き》いてんじゃん」

頬《ほお》を膨らませる柾に、貴之は新聞から目も上げずに答えた。

「なんでじゃない。高校に入ったばかりで、アルバイトなんてとんでもない。だいたい、どこにそんな必要があるんだ。小遣いはじゅうぶん渡しているはずだし、欲しい物があるなら云いなさい」

「そーじゃなくて、自分で稼ぎたいんだよ。自分の力で、労働がしたいの、おれは」

「学生の遊び半分のバイトなど労働とは認められないな。第一、成績に響く」

「だからっ、成績はぜったい下げないって云ってるじゃんか！」

「どうかな」

「やってみなきゃわかんないだろ。貴之、新聞」

「屁理屈を云うんじゃない」

「屁理屈だって理屈のうち！」

柾は叫んで貴之の手から最後の新聞を奪い、ばさりと後ろに投げ捨てた。睨み合い、貴之は、こめかみを揉《も》むように押さえる。

「まったく……いつからそう聞き分けがなくなったんだ？　昔はもっと素直でかわいかった」

「貴之の影響だろ」

眉《まゆ》をひそめる貴之に、イーッと口を歪《ゆが》めてみせる。

「とにかく、明日からバイトするからね。契約書もサインしてきたし、貴之がいくら反対したってもう遅いよ」

「……どうしてもか」

「どーしても」

「わかった」

貴之はコーヒーを飲み干す。カップをテーブルの遠くへ置いて、

「しかたない。実力行使だ」

「へ……？　わっっ!?」

疾風の如《ごと》き素早さで柾の腰を抱き込み、ソファの上に押し倒した。細い両手首を頭の上で一括《ひとくく》りにし、膝《ひざ》の上に尻をのせれば、もう柾に抵抗の術《すべ》はない。

「なにすんだよっ」

「行きたくても行けなくさせてやる。初日から遅刻すれば、頼まなくてもクビにしてもらえるから安心しなさい」

長く器用な指で股間をまさぐられ、柾は真っ青になった。

「じょっ……冗談！　やめろよっ！　やだっ！」

「おとなしくしないと……縛るぞ」

冷えた洗い髪に唇を当てて凄《すご》む。

「変態！　やだッ！　やだって……！」

セーターのVネックを細い肩からすべり落として、剝《む》き出しのなめらかな肩を噛《か》んだ。股《こ》間《かん》を摑《つか》まれているせいで、柾の抵抗は弱い。

二の腕までセーターを引き下ろし、ばら色の乳首をつまむと、細い体はピクンとなる。

「あうっ……」

うなじを責めながら、手の中に包み込んだ弱点を軽くひっかいてやるだけで、若い性は貴之のなすがままだ。

「やっ……貴之の、ばかっ……」

悔しまぎれの切れぎれの呻《うめ》きは、じかに触れた指のいたずらに、頼りなくかき消える。流されまいと、柾は強くかぶりを振った。

「いい子だ……意地を張るな」

細い腰を抱え上げる。声を漏らすまいと、悔しまぎれに噛もうとする指を唇から取り上げて、革のソファの上で絡め合わせた。

奥歯を嚙みしめて声もなく震える細い頤《おとがい》を、小さなキスでなだめてやりながら、そっと苦笑した。

泣き声をこらえる癖は、昔からだな……。

くすりと笑った貴之に、怪訝そうにまつ毛の長い目がうっすらと開く。

「……なに？」

「いや。……昔おまえに〝おじさん〟と呼ばれてショックを受けたことを思い出した……あのときは、いっぺんに老けたような気がした」

含み笑う貴之に、抵抗を一時忘れて、柾は唇を尖《とが》らせる。

「うそだ。呼ばせなかったじゃん。名前で呼ばないと怒ったくせに」

「当たり前だ。二十四で〝おじさん〟はない」

「……だね。どうせ血も繫《つな》がってないしね」

柾の視線はゆっくりと、貴之の肩越しに、窓の外へ向かう。

庭の桜の花びらが、はらはらと夜風に舞っている。白い雪のように閃《ひらめ》いて白く光る。

あれも初春だった。桜の蕾《つぼみ》の季節。

三年前——

「はじめまして。岡本柾《おかもと》です。よろしくお願いします」

白いシャツを着た痩《や》せた少年は、貴之の頭のはるか下で、首だけをピョコンと下げた。

最近の子は発育がいいと聞くが、なるほど脚が長い……貴之の、少年に対する第一印象は、そんなつまらないことだった。

十二歳。アイロンのかかったシャツに包まれた体は、来月中学に上がるにしては小柄に見えた。少女のように愛らしい顔立ち。利発そうなくっきりとした二重の目が、血の繋がらない兄によく似ていた。

義父の書斎に飾られている亡き兄の写真に面影を重ね合わせながら、貴之は、少年の胸に右手を差し出した。

「四方堂貴之だ。血は繋がらないが、君の叔父《おじ》に当たる。これから仲良くやろう」

少年は、上目づかいに貴之をきっと見上げて、差し出された右手を握り返した。

扱いづらそうな子だ。それが第二の印象だった。四方堂貴之、このとき二十四歳。

十三年前、四方堂財閥の嫡男《ちゃくなん》だった柾の父、正道《まさみ》は、周囲の大反対を押し切って大学の同級生だった岡本瑤子《ようこ》と婚約した。しかし入籍前に交通事故で急逝し、跡取りを亡《な》くした四方堂翁《おう》は養子を迎えた。それが貴之である。

瑤子は、正道の死がまるで彼女のもたらした禍《わざわい》でもあるかのように忌まれ、葬儀にも参列させてもらえなかったという。そのときすでに子を宿していた彼女は、誰にも妊娠を告げることなく、数ヶ月後一人で男子を出産した。四方堂家がそれを知るところとなったのは、つい一昨年のことである。子供は十歳になっていた。

四方堂はその子を正式な跡取りとして迎えたいと申し入れたが、瑤子は最初は歯牙《しが》にも掛けぬ態度だったという。しかし数年に及ぶ熱心な説得に折れ、どちらの籍を選ぶかは息子自身に決めさせると云い、四方堂家に息子を預けて単身イタリアへ留学してしまった。

四方堂翁は目に入れても痛くないたった一人の孫息子のために、わざわざ都内に邸を新築し、アメリカ留学を終えて東京に戻ったばかりの貴之がお目付役と同居を命じられたという次第だ。

「それにしてもだ……あの子の母親はいったいなにを考えているんだ？　血縁といったってほとんど面識もない、他人も同然の人間に、よく子供を預ける気になったものだな」

夕食がすむと、柾は早々に二階の自室に引き取った。通いの家政婦も帰ってしまった後で、秘書の中川《なかがわ》がコーヒーを淹《い》れて書斎に運んできた。

中川はもともと義父の側近だった男だ。以前は貴之の教育係でもあった。常に柔和な笑みを絶やさぬ見かけとは裏腹に、四方堂翁の懐刀《ふところがたな》ともいわれる存在である。

「息子の選択権を狭めたくないというのが、こちらに預けることにした理由のようですよ」

「……どうだろうな」

貴之は熱いコーヒーを啜《すす》って、眉を上下させた。

「たんに留学に邪魔だっただけじゃないのか？」

「あるいは四方堂家の財産目当てか……ですね。菱子《ひしこ》様のおっしゃるように」

「自分と人の考えをすり替えるのが、あの人のお得意だからな」

四方堂翁の実妹、菱子は、他家へ嫁いだ身でありながらいまだ一族内で権勢を振るっている。特に翁の細君が他界してからは、横浜の本宅では女帝さながらの振る舞いだ。

嫡男の正道が亡くなったとき、自分の実子を本家の養子に入れるつもりでいたところ、兄が相談もなくよそから養子を迎えたのを未《いま》だに恨みに思っているらしく、少年時代は辛《つら》く当たられたものだった。

「あの子の母親には会ったか？」

「ええ。翁のお供で何度か。頭の回転の速い……たいへん美しい方ですよ」

留学先に発《た》ったのが貴之の帰国前だったため、まだ一度も会っていない。写真で顔を見たきりだ。

中川が二杯めのコーヒーを淹れながら尋ねた。

「ところで、若はどのようにお考えですか？　柾様が四方堂へ入られることについて」

「わたし個人の意見など、あの家でどれだけの意味があるというんだ？」

自嘲《じちょう》の滲《にじ》む言葉に、中川の眉がひそむ。貴之はそれに気がつかないふりをしてコーヒーカップに唇を当てた。

「たとえ財産目当てだろうが、翁の決められたことだ。それに従う」

「さようで……」

「それに、正道さんの実子だと証明された以上、あの子には四方堂家の正当な後継者としての資格がある。グループ後継者としての資質に関しては別の話だが。もっとも、本人の意思はどうなんだ？　籍に入る気があるようには見えなかったが」

「それはまだ……これからのこちらの心がけ次第というところでしょう」

「心がけか」

要するに、貴之に押しつけられたのは、ただのお目付役だけではないというわけだ。

「子供は苦手だ」

珍しく気弱な本音を漏らした貴之に、中川は宥《なだ》めるように微笑《ほほえ》んだ。

「子供だと思わずに接してみては？　小さき生き物というのは、大抵可愛《かわい》いものですよ。おいおい長所も見えてきましょう。無論、打ち解ける努力を惜しんではいけませんが」

貴之は憂慮の表情を浮かべたまま、窓の外に目をやった。外灯に照らされた桜は、まだ蕾が膨らみはじめたばかりだった。

岡本柾についての詳細な報告書は、すでに手に入れていた。

小学校の担任の覚え書きによれば、活発で友達も多く、少々頑固なところはあるものの、性格は明るく人なつっこい。成績はおおむね良好で、特に算数と理科、体育は五段階評価の五。東斗《とうと》学園中等部の入学試験の結果もなかなかのものだった。クラブ活動はしていなかったようだが、運動神経はかなりのものらしい。

生まれも育ちも埼玉の浦和市。幼稚園も小学校も公立だ。中学も公立へと考えていたのか、特に受験準備はしていなかったようだ。塾にも通っていない。

今回の引っ越しのために小学校時代の友人らとは離れてしまい、近所に同じ年頃の子供もなく、新学期が始まるまでまだ二週間ある。日中の様子は知らないが、おそらく暇を持て余しているだろう。

「ゲーム機でも買ってやろうかと思うが」と中川に相談したところ、「それより、次の休みあたり、ドライブにでも連れていって差し上げては?」という返事だった。

「ドライブ……あの子と二人でか? しかし、話題もないぞ」

「二人きりが気詰まりでしたら、クルージングなどはいかがです？　洋上でしたら話題がなくても場が繋げますし、海を眺めるだけでも良い気分転換になりますよ」

「クルージングか……」

どちらにせよ、あまり気の進むプランではなかった。考えておくと答え、貴之は手もとの書類に目を落とした。

帰国を耳にした友人や仕事関係から日々降るような誘いがあり、柾と顔を合わせる機会は少ない。その分、朝食は時間を合わせて一緒に摂《と》るようにした。

そうはいっても貴之も口数が多いわけではないため、テレビのニュースを付けっぱなしにしてテーブルを挟んで向かい合っているだけだ。話すのもせいぜい天気のことくらいだった。

そもそも子供と共通の話題など探す気にもならない。

食後のコーヒーを貰《もら》い、ふと新聞から目を上げた貴之は、まだ食事中の柾の姿を見てわずかに眉をひそめた。

「テーブルに肘をつくのは行儀が良くないな」

柾はハッとしたように両肘を持ち上げた。恥ずかしそうに頬を赤くしているのを見遣《みや》り、貴之はバサリと新聞を捲《めく》った。

「家の中だからいいと思わずに、普段から気をつけなさい。家での習慣はつい出てしまうものだ。人に見られたら、君の母上が恥を掻《か》く」

「……はい」

「今のうちに少し行儀作法を習ったほうがいいかもしれないな。心当たりがあるから、頼んでおこう」

はい……と少年は肩を小さくすぼめた。

柾のお披露目の日取りが決まった。

五月の連休半ば、横浜の屋敷に、親類と四方堂グループの主立ったメンバーが一堂に会することとなった。まだ柾が四方堂籍に入ることが決まったわけではないが、生前の正道をかわいがっていた者たちから、一目会わせろと矢の催促なのだ。

その晩、いつもより少し早めに帰宅すると、柾がリビングルームで熱心に本に見入っていた。大判の画集——風景画だ。古い街並みや、ビルなどの設計図が緻密《ちみつ》に描かれている。

「それは……昔のニューヨークか？　いや、ボストンかな」

声をかけると、柾はびっくりしたように顔を上げた。貴之が帰ってきたのにも気付かなかったらしい。おずおずと頷く。

「……百年前くらいのボストン……です」

「全集もののようだね。お母さんに買ってもらったのか？」

「……図書館のです」

「君は建築物に興味があるのか。そういえば、正道さんの書斎にも建築物の本が多かったな」

「えっ」

父親の話が出た途端、顔がぱっと輝いた。意外に素直な反応だ。

「横浜の家で見せてもらわなかったか？　じゃあ、お披露目の前に一度連れていこう」

「お披露目……？」

「ああ。五月になったら、君のお披露目がある。……ああ、君」

貴之は家政婦を呼び止めた。四方堂の家がよこした若い女性だ。通いで二人の世話をしている。

「すまないが、生姜湯《しょうが》を作ってくれないか」

「生姜湯……ですか？」

なんですかそれ？　という顔。若いから無理もないのか。しかたなく、風邪薬とトローチを買ってきてくれるように頼んだ。

生姜湯は、横浜の本邸にいた頃、家政婦の三代《みよ》がよく作ってくれたものだ。ジンジャーシロップと蜂蜜《はちみつ》を湯で割ったもので、風邪のひきはじめによく効くのだが。

「風邪……ひいてるんですか？」

「少し喉《のど》が痛くてね。あまり近寄らないほうがいいな。うつるかもしれない」

「……お披露目って、なんですか？」

「四方堂の親戚《しんせき》の人や会社の人たちに、君を紹介するんだ」

途端に少年の表情が曇《くも》る。

「どうした？」

「………」

「籍のことを気にしてるのか？」

答えはなかったが、はいと云っているようなものだ。

「そのことなら心配しなくていい。正道さんの子供として紹介するだけだ。みんな、子供の頃からお父さんを知ってる人たちばかりで、君に会いたがっている。それだけだ」

「……けど」

「籍に入るかどうかは君が自分で決めると、お母さんと約束している。無理に四方堂の子にしたりしないから、心配しなくていい」

柾はホッとした顔になった。やはり四方堂籍には抵抗があるのだろう。

この子の母親は、四方堂のことをどんなふうに聞かせていたのか。少々気がかりだ。あまり悪いイメージを吹き込まれていなければいいが——もっとも、十二年前の仕打ちを考えれば、甘い期待はできそうになかった。

「おじさん……お父さんのこと知ってるの？」

この〝おじさん〟という呼び方はどうにかさせなければな。貴之は苦笑を浮かべてかぶりを振った。

「そっか……」

「確か子供のころ一、二度会ったことがあるはずだが、よく覚えてないな」

今度はあからさまにガッカリした顔だ。なんだか悪いことをしたような気分になり、急いで言い添える。

「横浜の家にはお父さんの乳母《うば》がいるから、今度話を聞かせてもらうといい。写真もたくさんあるはずだ」

「乳母？」

「三代といって、お父さんが赤ん坊の頃から世話をしていた人だ。きっと君に会いたがっているだろう。披露目の前に会いに行ってみるか？」

「はい」

柾は嬉《うれ》しそうに顔を上気させて、頷《うなず》いた。

なるほど、小さき生き物はかわいいものだな……と。中川の言葉に初めて納得した瞬間だった。

その夜、寝室に風邪薬と生姜湯が届けられた。それが効いたのか、翌朝喉の痛みはすっかり取れていた。

朝食の席で家政婦に礼を云ったところ、「あれは柾様が用意されたんです」と云う。

自分で生姜湯を作り、風邪薬も駅前のドラッグストアまで買いに行ったのだと聞いて貴之はひどく驚いた。

「あれから買いに出かけたのか？」

厚切りトーストに苺《いちご》ジャムを塗っていた柾は、慌てて両肘をテーブルから浮かしてから、こくんと頷いた。

「母さんが、風邪のひきはじめにいつも飲んでたから。すごくよく効くって……」

「どうして一言云わなかった。あんな遅い時間に一人で外出して、なにかあったらどうする」

叱《しか》られるとは思っていなかったのか、柾の顔がさっと強張《こわば》る。

「……ごめんなさい……」

俯《うつむ》いてしまった少年に、貴之ははっとしたが、そこにインターホンが迎車の到着を告げた。

広げていた新聞を畳んで立ち上がった。柾は俯いたままで、小さな肩がすっかり消沈して見えた。

貴之はうんざりし、彼には珍しく内心舌打ちした。無論、うんざりしたのも舌打ちも、自分にだ。

「……とにかく、夜間出かけるときは一言いってからにしなさい。わたしには君を預かっている責任がある。いいね」

小さな頭がこくりと揺れるのを見て、貴之はダイニングルームを後にした。車の後部座席に収まり、書類に目を通しはじめたが、いつものように集中できない。

口の中がざらついていた。間違ったことを云ったつもりはない、だがどうしてこうも嫌な気分になるのか——

そもそもあの子には四方堂財閥に縁《ゆかり》の人間としての自覚が足りない。拉致《らち》や営利誘拐の可能性について、貴之は養子に入るときに厳しく叩《たた》き込まれたというのにだ。それでなくても子供が一人で夜中に出歩くとは。いったい、母親はあの子にどんな教育をしていたのか。

薄くて小さな、しょげたように落ちた肩が目の裏にちらつく。貴之は深い溜息《ためいき》をついた。

「なにか問題でも？　珍しく朝から浮かない顔ですね」

運転席の中川から指摘され、貴之は気まずさを隠すように右手で瞼《まぶた》を揉んだ。

「いや。……次の休みだが、スケジュールはどうなっている？」

「軽井沢でゴルフの予定が入っていますが、なにか？」

「そっちは調整してくれ。別の予定を入れる」

「おや、ようやくですか」

心なしか声が弾んで聞こえた。

「ようやく？」

「柾様をクルージングにお連れするのでは？　いつになさるのかと気を揉んでおりました。少しは打ち解けられましたか」

「……確かにクルージングには行くが。お披露目の前に三代に会わせると約束したから、そのついでだ」

「お照れにならなくても」

「昨夜、生姜湯を作ってもらったから礼を兼ねて」

「生姜湯を、柾様がご自分でお作りに？」

「ああ。母親が風邪をひくと飲んでいたらしい」

「感心ですね。きっとよく家の手伝いをしていたのでしょう。これからの若者は家事くらいできなくては」

「生姜湯くらいで家事とはいわないだろう」

そういう貴之自身は、幼い頃から「男子厨房に入るべからず」で育てられたため、未だにガスの点け方もわからない。電子レンジの操作も怪しい有様だ。

……ずいぶんと違ったものだ。

キッチンに立っている柾の姿を思い浮かべてみた。あの子の生姜湯は、三代が手作りするシロップと同じ味がした。

思い浮かべた柾の姿に、エプロン姿の母親を寄り添わせてみた。狭いキッチンに和気藹々《あいあい》と立つ母子。きっと賑《にぎ》やかに言い合いながら二人で食事の支度をしたのだろう。ほんの数週間前までは、それがあの子の日常だったのだ。

自覚がないのは当然か。育ち方も立場も、あの子は自分とはまるで違う――

「さっそくスケジュールを調整いたしましょう。週末はいい天気が続くそうです。きっと喜ばれますよ」

中川の弾む声を聞きながら、貴之は書類に視線を戻した。


有能な秘書が請け負ったとおり、ヨットと聞くと、柾は目を輝かせた。

「おじさん、ヨットに乗れるんですか？」

「ああ。そんなに大きな艇《ふね》じゃないが、今回は江ノ島沖まで行って、灯台を回ってみようと思うんだが」

「マジで？　すっげー……あ、じゃなくて、すごいです」

慌てて云い直す様がかわいらしく、貴之は思わずくすりと笑った。

「出張で明日から三日ほど留守にするから、来週の日曜はどうかな。葉山のマリーナだから、前の晩は横浜の家に一泊しよう」

「うん！……じゃなくて、はい」

「普通の話し方でいい。そんなに緊張していると疲れてしまうぞ。これから一緒に暮らすんだからな」

するとは照れくさそうに「うん」と頷いた。くるくるとよく表情が変わる。まるで仔犬《こいぬ》のようだ。感情を隠すということを知らないのだろう。

「それから……今朝はすまなかった。頭ごなしにきつい言い方をしてしまったな」

柾はかぶりを振った。

「おれが悪かったから。ごめんなさい。これからは気をつけます」

「いや。おかげで風邪が吹き飛んだ。どうもありがとう」

大きな二つの瞳《ひとみ》が、びっくりしたように貴之を見上げて、ぱちぱちと瞬《まばた》きした。礼を云われるとは思っていなかったという顔だ。

「生姜湯も美味《おい》しかった。不思議だが、子供の頃から飲んでいたのと同じ味がしたよ」

ぱっと顔が輝いた。

「ほんとに？　あれ、父さんが作り方教えてくれたんだって。生姜のすり下ろしたのを煮てシロップを作って、蜂蜜とお湯で割るんです」

「三代と同じ作り方だな……きっとお父さんも子供の頃から飲んでいたんだろう。そうだ、ちょっとおいで。君に渡したい物がある」

思い立ち、柾を日本間に連れていった。

桐簞笥《きりだんす》から畳紙《たとうがみ》にくるまれた正絹《しょうけん》の羽織と袴《はかま》を取り出す。四方堂家の牡丹《ぼたん》の紋が入ったものだ。樟脳《しょうのう》の匂いがぷんと漂う。

「正道さんが子供の頃着ていたものだ。お披露目のときに着るといい」

「父さんの……？」

「当ててごらん。少し丈が長いかな」

柾は手足が長いので、袴の丈は短いくらいだった。

「これ……着てもいいの？」

「勿論《もちろん》だ。正道さんの形見だからね」

「……着物って初めてだ」

柾は眩《まぶ》しげに父の形見の品を撫《な》でた。裾出しを頼むことにし、虫干しを兼ねて衣桁《いこう》に掛けた。

「中学に入ると剣道の授業があるから、袴の着け方を覚えたほうがいいな。そういえば正道さんも有段者だったそうだ」

「知ってる。関東大会で優勝したことあるんだって。おじさんは？」

「小学校から高校までやっていた。二段だ」

「すっげー。ほんとになんでもできるんだ」

きらきらした黒い目が尊敬を込めて見上げてくる。これほどまっすぐな賞賛を浴びるのは初めてで、むず痒《がゆ》いような気分だった。

「いつまでも撫でているとすり切れるぞ。さ、風呂の時間だろう。先に入りなさい」

「はーい」

促すと、柾は元気よく日本間を飛び出していった。と、すぐにまた足音が戻ってきて、

「あのっ」

うん？　と振り向いた貴之に、

「出張、気をつけていってらっしゃいっ！」

と云ってまたパッと身を翻した。スリッパが走り去る音。

貴之は頬を緩めた。

三日間の出張から夜更けに帰宅すると、リビングルームにまだ明かりがついていた。柾が夜更かしをするのは珍しい。覗いてみると、テレビの前のソファに座って、NBAの衛星中継を観ていた。

貴之に気付くと、目を合わせずに小さな声で「おかえりなさい」と呟《つぶや》くように挨拶《あいさつ》した。

「ただいま。まだ起きていたのか。留守中、なにか変わったことは？」

「……ないです」

少年はテレビを消して立ち上がろうとする。

「いいよ、観ていて。バスケットが好きなのか？」

柾は黙ってソファに戻り、膝を抱えた。少年がいつになく無口なのを別段気に留めずに、貴之は上着を脱ぎはじめた。

「中学はバスケ部に入るのか？　東斗は校則でなにかクラブに所属することになっているんだ。正道さんは剣道部だったが」

「………」

「今度一緒に買物に行こうか。シューズやボールを揃《そろ》えないとな」

「……いらない」

「どうして？」

「……欲しくないから」

柾はぎゅっと膝を抱えた。沈黙。

（虫の居所でも悪いのか……？）

しかしこちらも寝不足で疲れている。今夜は会話を諦《あきら》めて自室に引き取ろうとした貴之は、ふと、柾の右手の甲に大きな紫色の痣《あざ》ができているのに気付いた。

「その手はどうしたんだ？　ぶつけたのか？」

貴之が指すと、慌てたように後ろに手を隠す。

「見せてみなさい。痣になってるじゃないか」

「いい。痛くないです」

「痛くなくても冷やしたほうがいい。さあ」

「いいってば！」

少年は突然、貴之の手をピシッとひっぱたき、ボールが撥《は》ねるように勢いよくリビングから飛び出していってしまった。

階段を駆け上がる足音、二階でバタンとドアが閉まる。貴之は呆然《ぼうぜん》として、打たれた自分の手を見つめるほかなかった。

「CMに小動物と赤ん坊を使うと売り上げが伸びるが、撮影現場ではこれほど厄介《やっかい》なものはないそうだ。昨夜のことで、そんな新聞記事を思い出した」

「なるほど、確かに。彼らはこちらの言い分などおかまいなしですからね。鼻薬も効きませんし、扱いづらいでしょうなあ」

運転席の中川がおかしそうに笑い声を立てるのを、バックミラー越しに貴之はむっすりと一瞥《いちべつ》した。

「これだから子供を預かるのは気が進まなかったんだ。気まぐれで衝動的で。いったいなにが気に入らないのか知らないが、あれ以来まともに口をきこうともしない。朝の挨拶をしても、話しかけても上の空だ」

「上の空……ですか」

「はじめは虫の居所が悪いんだろうと思って放っておいたんだが、そんな調子がもう一週間だ。出張に行くまでは機嫌が良くてクルージングも喜んでいたのに、まったく……あの気まぐれな性格は母親譲りか？」

「それはなんとも申し上げられませんが……しかし気になりますね」

貴之は車窓に流れていく夕景に、憂鬱《ゆううつ》な眼差《まなざ》しを向けた。

「この状況が続くようなら、翁にご報告するつもりだ。わたしの手に余ると判断されれば、横浜の屋敷に引き取られるだろう。……その前に、子供一人手懐けられない無能ぶりについてお叱りを受けるかもしれんが」

それでも、さっさと本宅に引き取ってもらいたいというのが偽らざる本音だった。子供のお目付役など、もとから気が進まなかったのだ。

それでも貴之の立場では引き受けざるを得なかった。翁の頼みはすなわち、命令である。

養父と貴之の関係は、一般にいう父と子のそれとは大きく異なる。翁が必要としたのはあくまで四方堂グループの後継者であり、一族の女子と子供をもうけさせ家を存続させるための、いわば楔《くさび》だ。貴之もそれを承知で養子に入った。

だがそれは、柾という正当な後継者が現われるまでのことだ。グループの後継者——つまり経営者としての資質はともかく、赤の他人より実の孫に家を継がせたいと考えるのはごく当たり前のことだろう。あの翁も、人の親だ。

お披露目で柾が正式に紹介されることで、周辺の動向がさらに変わってくることは容易に想像できる。翁が柾を横浜の本宅から離して貴之に同居を命じたのは、周囲への牽制《けんせい》の意味が大きい。

一族の大株主の中には、養子の貴之を快く思っていない連中がいる。彼らが柾支持に回ってグループが分裂するのを防ぐために、柾の後ろ盾に貴之がいると示すことで、先手を打とうとしたというわけだ。

「実の親子や兄弟でさえ、ぎくしゃくすることはあるものですよ」

穏やかに中川が云った。

「ましてお二人は、まだ同居をはじめられたばかりじゃありませんか。遠慮も誤解もなくスムーズにいくほうがおかしいというものですよ。緊張が解けて、新しい生活の不安があれこれ出てきたのかもしれません。若も、はじめて四方堂に迎えられてひと月もした頃でしたか。入院騒ぎがあったのは。ずいぶん生活に馴染《なじ》まれたようだと安心していた頃でしたので、わたしどもも翁も大慌てしたものでした。まさかあれが知恵熱だったとは」

「……その話はもう時効だ」

貴之は眉間《みけん》にできた深い縦皺を指腹で撫でた。この元教育係は、なにかというとこの昔話を持ち出しては、若き主人を苦らせる。

「すべてご納得された上で養子に入られた若でさえそうだったのですから、彼の複雑な生い立ちを考えれば少々扱いづらいのは無理もないことです。新学期がはじまれば、ご友人もできて気分も変わられますよ。よろしければ、一度わたしから少し話してみましょう。若には遠慮があって云いにくいことがあるのかもしれません」

「……ああ。そうしてくれ」

曇天《どんてん》の夕空。午後五時過ぎ、貴之を乗せたメルセデスが自宅の門にゆっくりと滑り込むと、玉砂利を敷いた車寄せに、白い外車が一台停まっていた。

「菱子様のお車ですね」

中川がナンバーを見て指摘する。

「お約束が？」

「いや。なにも聞いていないが……」

二人は怪訝《けげん》に顔を見合わせた。

そこへ玄関から、菱子が、家政婦に見送られて出てきた。

五十路《いそじ》を超えてからめっきり肥えた体を、地味だが極上の訪問着に包んでいる。車から降りた貴之を見ると、濃いアイラインで縁取った細い一重の目をますます細めた。すると、白く塗り込めた頬の肉に埋もれて、線のようになる。

「まあお帰りなさい、貴之さん。お留守にお邪魔しましたよ」

白粉《おしろい》と、着物に焚《た》き込めた香が混じり合って、独特の匂いを醸す。昔からこの匂いが苦手だった。貴之は、愛想笑いを浮かべた顔が引き攣《つ》らぬよう細心の注意を払いながら、叔母《おば》に挨拶した。

「御無沙汰《ごぶさた》しておりました。もうお帰りですか」

「ええ。近くまで来たので寄ってみただけですから」

菱子は、薄い水色の絹の扇子をゆっくりと扇《あお》いだ。甘ったるい香りが風に送られて鼻腔《びこう》を刺激する。

「いつまでたっても、お兄様もあなたも、正道の息子を紹介してくださらないでしょう。焦《じ》れて、こちらから押しかけてきたんですよ」

「それは申しわけありませんでした。こちらから窺《うかが》うのが筋ですが、ご紹介は彼がこちらに慣れてからと思っていたものですから。披露目は五月三日と決まりました。招待状をお送りしたはずですが」

「ああ。そういえばそうでしたわねえ」

とぼけているのか、本当に忘れていたものか——いや、忘れるはずがない。お披露目の前に抜け駆けで品定めに来たに決まっている。

「柾にはお会いになりましたか？　よろしければ、これからお食事でも」

「そうしたいのですけれど、これからお友だちと約束があるの」

菱子はパチッと扇子を畳むと、車のシートに巨軀《きょく》をすべり込ませた。運転手が恭《うやうや》しく重い扉を閉める。

「貴之さんも、たまにはうちにいらしてくださいな。主人と娘が会いたがっていますのよ」

「よろしくお伝えください」

「お披露目が楽しみですこと」

車はゆっくりとすべり出した。直立不動の姿勢で見送った貴之は、車が門から見えなくなると、ネクタイを緩めながら家政婦に命じた。

「塩を撒《ま》いておけ」

夕食の時間になっても、柾は二階から下りてこなかった。家政婦が何度も内線で呼びかけるも、応答もない。

「わたしが呼んでこよう」

先に食卓に着いていた貴之は、何度めかに家政婦が二階へ呼びに上がるのを見て、広げていた新聞を畳み立ち上がった。

柾の部屋は、階段を上がって二階の右側、南向きの一室だ。貴之の寝室とはバスルームと洗面所を挟んで並んでいる。

「夕食の時間だ。下りてきなさい」

ドアをノックすると、少しして、ぼそぼそとした声が返ってきた。

「……いらないです」

「どうして。なにか食べたのか」

返事はない。

「……柾くん？　どうしたんだ？　具合でも悪いのか？」

「……」

「入るぞ」

「やだっ！」

ドアに飛びつく気配。ノブを全力で押さえているらしい。

「柾くん？　なにをしてる。開けなさい」

「やだっ。入ってくるなっ」

強引にこじ開けた。するとドアの隙間《すきま》から、柾がすりぬけるようにして飛び出してきた。

逃げ出そうとする細い腕を捕まえ、問い質《ただ》そうとした貴之は、その手に黒い布きれが握られているのに気付いた。

「なにを持ってるんだ？」

「あっ……」

眉をひそめた。羽織だった。牡丹の紋が、鋭利な刃物でズタズタに切り裂かれている。

「これは――」

「……」

「……なぜこんなことを」

柾が跳ねるように顔を上げた。

「ちが……っ」

「なにが違う。説明してみなさい」

問い質すと、柾は青ざめた顔を俯け、口をぎゅっと一文字に引き結んだ。理由など絶対に云うものかという態度に、思わずカッと頭の芯《しん》に血が上りかけたが、怒鳴りつけるのだけは堪《こら》えた。代わりに肺の中を空にするほどの深い息をつき、気持ちを整えた。

「どうしてこんなことをする。気に入らないことがあるなら、きちんと言葉にして云いなさい。先日からいったいなにが気に入らなくてふて腐れているんだ?」

「………」

「顔を上げなさい。話をするときは、きちんと人の目を見て話しなさいと教わらなかったのか? 君の母親はいったいどんな教育を……」

ぎくりとした。憤怒《ふんぬ》にぎらつく黒い瞳が、まっすぐに貴之を射ていた。嚙み縛った下唇が白く震えていた。

「……だ」

「柾くん……?」

「嫌いだッ」

柾は激しく貴之の手を振りほどいた。

「こんな家っ……大ッ嫌いだ!」

「まさか、柾様がこんなことを……」

ズタズタに切り裂かれた羽織を手に取り、中川は絶句した。

「やはりわたしの手には余る。横浜に引き取ってもらうなり、他のお目付を手配するなりしてもらうつもりだ」

「若……」

「仕方がない。一度は打ち解けてくれたと思ったが……あの子にしてみれば、血も繋がらない人間と暮らすのは苦痛なんだろう。その気持ちはわからないでもないからな」

中川がなにか云いかけて口を開く。とそこに、ドアが遠慮がちにノックされた。

若い家政婦がもじもじと顔を出した。

「あのぉ……よろしいでしょうか」

「なんだ」

「はぁ……ちょっとお話したいことが……」

「だからなんだ」

「若」と、中川がたしなめるように云い、

「どうした？　なにかあったのかね？」

穏やかな中川に励まされたように、家政婦はおずおずと頷いた。

「は、はい、あのぉ……実は――」

「お着物をあんなふうにしたのは……菱子様なんです」

若い家政婦が、エプロンを両手で揉み絞りながら始めた告白に、貴之と中川は顔を見合わせた。

「……どういうことだ？」

「あのぅ、本当は口止めされていたんですけれど、あんまり……そのぅ……菱子様が、エスカレートしてくものですからあたし怖くなってきて、それで……」

「エスカレート？　菱子様は以前にもここに見えたのかね？」

中川が勢い込んで尋ねる。

「は、はい、何度も。はじめていらしたのは、確か貴之様が出張に出られた日です。それからはほとんど毎日……来るときは、必ず電話で貴之様のお留守を確かめてからいらっしゃるんです」

二人は絶句した。あの出張はもう一週間も前のことだ。

「あ、あのぅ、すみません、あたし……」

「落ち着いて、詳しく話してごらん。なにがあったんだね？」

おどおどと目線をさまよわせる家政婦を、中川が優しく促す。

「は、はい……あの、今日、菱子様はお昼過ぎにみえて、柾様にお茶の作法を教えるっておっしゃって……」

菱子は柾を茶室に正座させ、少しでも足を崩《くず》そうとすると扇子で太腿を叩いた。それを四時間以上も続けたのだという。

「それで……帰り際、和室にかけてあったお着物を見て、牡丹の紋は四方堂家当主のものだから柾様に袖を通す資格はないって……あたしにハサミを持ってこいって……」

形見の着物を、自らの手でズタズタに切り裂いた。

「菱子様は、お見えになるといつも柾様を茶室に連れていって正座させるんです。躾《しつけ》だっておっしゃって。それで、おまえは母親に捨てられたんだとか、財産目当てのくせにいつまで居座るつもりなんだとか……穢《けが》らわしいアバズレの子だとか……」

「もういい」

強い語気で遮り、貴之は手の平で額を覆った。

「……あの子の手の甲に、大きな痣があったな」

「あ、はい。初めは扇子で手を叩いたり、つねったりしていたんですけど、それだと痣が目立つからって、足を……」

「なぜいままで黙っていたんだ」

「す、すみません。菱子様に口止めされてたんです。もし誰かに喋《しゃべ》ったらクビにするって……どうしたらいいかわからなくて……あ、あのぅ……やっぱりクビでしょうか」

「心配しなくていいから、きみはもう帰りなさい」

「はい……」

中川が、なだめながらも、やや強引に彼女の背中を押す。

「柾様の様子を見てまいります」

「いや……わたしが行く。あの子に謝らなければ……」

「あ、柾様なら、さっき自転車で出ていかれましたけど……」

家政婦が戸口で振り返って、あっけらかんと云った。絶句した二人を見ておずおずと、

「あのぉ……引き止めたほうがよかったですか？」

「クビだ、大馬鹿《ばか》者！」

中川が怒鳴りつけた。貴之は書斎を飛び出した。

「この辺りにはまだ訪ねていける友達はいないでしょう。自転車で出かけたということは、ひょっとしたら以前住んでいた所に行くつもりなのかもしれません」

「一応駅に行ってみる。おまえは家にいてくれ」

「警察には……」

「いや。大事になるとあの子が帰りづらくなるだろう」

 祈るような思いで車を駆った。小雨が降りはじめており、駅までの道は人通りが少なかった。

 帰宅を急ぐサラリーマンや学生がちらほら歩いているきりだ。

 駅のロータリーに車を置いて駐輪場を回ってみたが、柾の自転車は見つからなかった。駅員もそれらしき子供の姿は見ていないという。

 ……落ち着け。考えろ。他にあの子の行きそうなところはどこだ？

 この辺りの地理にはまださほど明るくないはずだ。子供の行きそうな場所にはなにがある？

 公園、コンビニ、それから──

（図書館）

 近くの区立図書館は、テニスコートや野球グラウンドのある公園の敷地内だ。

 もやや……の思いで公園の入り口に寄せた車から樹の陰に見つけた、隠すように立てかけられた黄色のマウンテンバイク。

 車を飛び降りた。雨足が強くなっていた。常夜灯の心もとない銀色の光が、舗道の水溜まりに反射している。暗い木々の間を走って捜した。せめて雨の当たらない場所にいてくれと祈りながら。

図書館の玄関の軒下に、小さな人影が、膝を抱えて座り込んでいた。雨を弾《はじ》いて走ってきた貴之に気付くと、さっと立ち上がって逃げようとする。

「柾くん！」

捕まえた——冷えた肩。

「……すまなかった」

「………」

「事情を聞きもせずにひどいことを云った。わたしが間違っていた。許してくれ」

柾はうなだれたままだ。

「とにかく帰ろう。風邪をひく」

「いやだ。帰らない」

冷たい手が貴之の手を払いのけた。

「おれなんか邪魔なくせにっ……！」

小さな体に詰まっていたものが弾けたような叫び声だった。

「おれがいると迷惑なんだろ⁉　どうせ財産目当てのくせに、さっさと出てけって思ってんだろ⁉」

「ばかな——」

「おれがいなかったらずっとアメリカにいられたんだろ⁉　あっちに恋人がいたのにおれのせいで無理やり帰って来させられてっ……無理やり押しつけられて迷惑してるんだろ！」

「誰がそんなことを」

「義理で面倒みてるくせに！　おれのことなんか嫌いなくせにっ……頼まれていやいや一緒に住んでるくせにっ！」

「話を聞きなさい」

「おじさんなんか嫌いだっ！　義理で世話してくんなくてもいい！　帰らない！　ここにいるっ！」

「この……っ」

貴之は舌打ちし、柾の肩を摑んで強引に向き直らせた。

「ああ！　そうだ！　義理だ！　それのどこが悪い！」

突如《とつじょ》開き直った貴之に、少年はびっくりしたように口を噤《つぐ》んだ。

「確かにわたしは、義父に頼まれて君を預かった。だがそれがどうした。あの女からなにを吹き込まれたか知らないが、わたしがアメリカから戻ったのは君のせいではないし、置いてきた恋人もいない。いやいや住んでもいない。だが子供は好きじゃない。子供は人の話を聞かないからな」

「おれ子供じゃないっ！」

「そうか。なら、落ち着いてわたしの話を聞けるね？」

声のトーンを落とす。柾は、毒気を抜かれたようにピタリと喚《わめ》くのをやめた。

「……おいで。そこは雨が当たる」

少年は躊躇《ためら》いをみせたが、やがておとなしく貴之のそばに座った。肩に上着をかけてやり、濡れた髪をハンカチで拭《ぬぐ》ってやった。

雨足はさらに速くなっている。膨らんだ桜の蕾が、雨垂れになぶられてゆらゆらと揺れていた。

「わたしは……十二のとき、四方堂家の養子に入った。四方堂の義父に大学を出してもらい、留学までさせてもらった。その恩がある。だから、義父から君の面倒をみるように頼まれたとき、子供は苦手だが引き受けることにした。……これが義理ということだ。わかるか？」

少年は黙って頷いた。

「どんな子が来るんだろうと、少し不安だった。手に負えない悪ガキだったらどうしようかと」

「……」

「だがやってきたのは、素直で頭が良くて、とても優しい少年だった。わたしはすぐにその子が好きになった。仲良くなりたいと思った」

「……嘘《うそ》だ」

「いまさら嘘をついてどうなる」

「だって……」

「君を預かったのは、確かに養父に対する義理だ。だが仲良くなりたいと思ったのはわたし自身の意志だ。なんの義理も関係ない」

少年は考え込むように、下唇を吸い込んで俯いた。

「……君と仲良くなりたかった」

貴之は静かに語りかけた。

「それなのに、ろくに話を聞きもせずに、悪いことをしたと決めつけた。ちょっと考えれば、あんなことをする子じゃないとすぐにわかったことなのに。……すまなかった」

「………」

「悪いことをしたのはわたしだ。だから、出ていくとしたら、君ではなくわたしのほうだ」

寒そうに膝を抱えている小さな手に、まだうっすらと鬱血《うっけつ》の跡が残っている。

そっとその手に指を伸ばした。少年が体を硬くするのが、ほんの僅《わず》かに触れた指先からも伝わってきた。

胸に切られるような痛みを感じながら、貴之は立ち上がって、彼を促した。

「とにかく今日は帰ろう。これからのことは、風呂に入って食事をして、それからゆっくり話し合ったほうがいい。……さ、腹が減っただろう？」

「……母さんはっ……」

少年は、膝に顔を埋《うず》めて、震える声を絞り出した。

「いっつも、父さんの話をしててっ……初めて会った日のこととか、好きだった物のこととかっ、たくさんっ……たくさん話してくれるんだ。……ほんとは家具のデザイナーになるのが夢だったのに、おれが生まれたから、大学辞めて働いてっ……熱があっても休まないで毎日働いてっ……だからっ……おれがあの家に行けば、母さんが夢を叶《かな》えられるから、だからおれっ……おれはっ……」

背中が小刻みに震えている。

「ぜったい、四方堂になんかならない！　財産なんかいらない、父さんの息子だって認めてくれなくたっていいよっ、ぜったい四方堂の子になんかならないっ。ぜったい……ぜったいやだ……いやだっ……！」

抱き寄せていた。歯を食い縛って嗚咽《おえつ》をこらえる少年の体は痛々しいほど細く、胸を締めつけた。

「もういい。なにも云わなくていい」

抱き寄せた手で、薄い背中を何度も撫でた。

「だいじょうぶだ——なにも心配しなくていい。二度とあんな真似《まね》はさせない。お披露目も取り止める。どうしても辛ければ、ミラノのお母さんのところへ連れて行ってやる」

しかし少年は、涙をこらえて肩を大きく波打たせながら、それにはきっぱりと首を振った。

「母さんは……おれが生まれてから、ずっといろんなこと、我慢してたんだ。だから……だから今度は、おれが我慢する番なんだ」

「……」

「だから、行かない。ここにいる」

震える細い顎をぐっと引き締める。潤《うる》んだ瞳の奥に、固い決意がきらめいていた。

（この子は……）

なにもかも一人で背負おうとするのか……こんなに小さな体で。この薄い肩で。

「強いな……君は。わたしは引き取られたばかりのとき、家に帰りたくて、毎晩ベッドで泣いてばかりいたよ。……君はわたしより、ずっと大人だ」

冷たい手が貴之のシャツをきつく握り締め、ぶつけるように額をこすり付けてきた。全身が震えていた。この少年が声をこらえて泣くことを、貴之は初めて知った。

「明日、横浜へ行く。披露目を取り止めにするよう翁を説得するつもりだ」

濡れ鼠《ねずみ》で帰りついた二人を、件《くだん》の家政婦を熨斗《のし》つきで菱子に送りつけて待っていた中川が迎えた。風呂に入れ、食事をさせて、柾が自室に引き取った真夜中。

雨足は次第に弱まり、屋敷の中はしんと静まっている。書斎の窓は、雨に打たれた桜の蕾が、闇の中、項垂《うなだ》れて白く光っていた。

「叱責は覚悟の上だ。だが、あの子をこのまま見世物にするわけにはいかない。口惜しいが、わたしにはまだ本家における菱子叔母の影響力を押さえ込めるだけの力がない」

中川が頷いた。

「わたくしも同意見です。翁のご不興は買うでしょうが、いまは柾様のお気持ちを大切にすることを一番に考えなくては」

「三代をここに呼び寄せて世話を頼むつもりだ。正道さんの乳母だった三代になら、あの子も心を開くかもしれん」

「いいお考えです。菱子様の防波堤としても頼りになりますからな」

「おまえも極力様子を見に来てやってくれ」

「……若。まさか、ここを出て行かれるおつもりですか？」

貴之は静かに瞼を閉じ、肘掛け椅子《いす》に深く凭《もた》れた。

「義理で面倒をみているだけだろうとあの子に云われて……正直、言葉に詰まった。どうせ子供だ、そんなことはわからないだろうと思っていたんだ。愚かだな。あの子の気持ちをひとつも思いやっていなかった……」

「落ち込んでいる場合ではありませんよ、若」

厳しくも暖かな口調で中川は諭した。

「ここで諦めてどうします。もし若が見捨てたら、柾様の周りには一人も味方がいなくなってしまいます」

「これから先、あの子のことは見守っていくつもりだ」

「でしたら」

「だが……あの子はわたしを嫌っている。わたしがここを出て行くのが、あの子にとって最善だ」

貴之は苦く自嘲した。

「人に拒絶されることが、これほど堪《こた》えたことはないな……」

「そんなに思い詰めなくても。子供がよく使う言葉ですよ。嫌いだとか、いなくなってしまえとか」

わかっている。だが自分でもどうしてこれほど胸を抉《えぐ》られるのかわからない。涙をこらえる顔を思い出すたび、胸に空洞が広がっていくようだ。

「……熱いお茶でも淹れて参りましょう」

書斎を出ていった中川が、戸口の外で立ち止まる気配がした。

「どうしました？　眠れないのですか？」

何事かと窺うと、柾が廊下に立っていた。書斎から出てきた貴之を、なにか云いたげな顔で見上げている。

「どうした？」

優しく尋ねたつもりだったが、柾は顔を俯けてしまった。

「……もう遅い。部屋でやすみなさい」

穏やかに云うと、黙って自室へ戻っていった。ドアに消える小さな背中を、貴之は、沈んだ面持ちで見送った。


雨は明け方には止んだようだ。翌朝窓を開けると、雨上がりの清々《すがすが》しい空が広がっていた。

夜の間に事情を聞いて横浜から飛んできた三代が、朝食を調えてくれた。

急でいましたからあり合わせで……と謙遜《けんそん》しながら、サンドイッチやたっぷりのサラダ、栄養のある野菜スープ、卵料理や骨付きのソーセージなどが賑々《にぎにぎ》しく食卓に並んでいる。オムレツではなく葱《ねぎ》入りの厚焼き玉子なのは、おそらくあの子の父親の好物だったのだろう。

「あの子は？」

「先ほど起きて、いま顔を洗ってらっしゃいますよ。コーヒーになさいますか、それともお紅茶？」

「いや、すぐに出る。コーヒーだけ車の中で飲めるように用意してくれ」

「ですが、若……朝食くらい一緒にお摂《と》りになっては」

「そうですよ、お体によくありませんし、柾ぼっちゃまもお一人じゃ食が進みませんでしょう」

中川と三代が口を揃えたが、貴之は上着に袖《そで》を通し、テーブルの新聞各紙を摑んだ。

「昼過ぎには成田に行く予定だ。その前に目を通しておきたい案件が幾つかある。それにあの子も、わたしがいないほうが気楽だろう」

「若」

戸口に柾が立っていた。

ドアノブを握ったまま、貴之を見上げて黙っている。なにか言いたげな眼差しが自分を責めているように感じられ、貴之は目を合わせずその横をすり抜けた。

車の後部座席におさまり、新聞を広げてちっとも頭に入ってこない文字を目で追っていると、しばらくして、中川が熱いコーヒー入りのポットを運んできた。

「柾様に、行儀作法の先生を付けると仰ったそうですね」

「……ああ。披露目の前にある程度教えておいたほうがいいだろうと考えていたんだが、もう必要なくなったな」

「もしかしたら、菱子様はその指導を頼まれて来ているのだとお思いになっていたのかもしれませんね」

貴之は新聞から目を上げた。

「確かめたわけではありませんが、告げ口して菱子様と若の関係が悪くなることを懸念して黙っていたように思えまして。頭の良い子ですから。その分、一人で我慢してしまおうとするのかもしれませんん」

「……」

「不思議ですが、どうもあの子を見ていますと、昔の若を思い出します。四方堂に入られたばかりの頃の若は、わたしにも頼ろうとなさらず、どんなお辛いことにも一切弱音も吐かず、張り詰めた糸のようで見ていて痛々しいほどでした。もしあの頃、柾様にとっての若のような存在がそばで支えになれれば、どんなにか心強かっただろうかと」

「……わたしでは、あの子の支えになるには不十分だ」

会話を打ち切るように貴之は云った。嫌いだという柾の声が耳に蘇《よみがえ》るたび、胸がきりきりと痛んだ。

中川はまだなにか云い足りなそうだったが、ややあって「上着を取ってまいります」と云って車を降りていった。

貴之はポットのコーヒーに口をつけた。ただ熱く、苦いばかりだった。

春休みの観光客で成田は混雑していた。喧噪《けんそう》にかき消されがちなアナウンスが、ニューヨーク便の搭乗を告げる。貴之は賓客《ひんきゃく》にもう一度握手を求めた。

「お気をつけて。よい旅を」

「ありがとう、ミスター貴之。次はぜひわたしの国へいらしてください」

固い握手を交わし、金髪碧眼《へきがん》のエンジニアがエスカレーターに向かって歩き出す。貴之は背後に控える秘書に声をかけた。

「三時から会議だったな。急ごう」

「まだ余裕がございますよ。もう少しお見送りしたほうがよろしいのでは？」

のんびり腕時計を見ている秘書を、貴之は怪訝に見遣った。

「そんなに余裕はないぞ。ぐずぐずしていると渋滞に――うわっ⁉」

後ろから犬が飛びついてきた――と思った。どしん！　と背中に起きた衝撃にびっくりして振り返った貴之は、背中に縋《すが》りついていたものの正体に、息が止まるほど驚いた。

「行かないで！」

飛びついてきたのは少年だった。汗みずくの真っ赤な顔、ぜえぜえと息を切らして、貴之の上着の裾をぎゅっと摑む。

「ちゃんとお披露目に出る！　おじさんの話も聞く！　だから……だからアメリカになんか行かないで！」

「ま……柾くん……？」

「一緒にっ……おれと一緒に、暮らしてください！」

「なにを云って……」

戸惑い、傍らの秘書を見ると、そっぽを向いて知らん顔を決め込んでいる。それを見て、すべて合点がいった。

……そういうことか。まったく……有能すぎる秘書め。

貴之は膝を折り、少年と視線を合わせた。

「わたしを引き留めに来てくれたのか？　こんな所まで、一人で？」

「か……勝手に来てごめんなさい。でもおれっ……」

「君には、嫌われていると思っていた」

少年は真っ赤になって顔を振る。

「おれが嫌いって云ったから、アメリカに行っちゃうの？　おれのせいでっ？」

「わたしは嫌われて当然だ。君を守れなかった。それどころか、ひどいことを云って傷つけてしまった」

「でもちゃんとわかってくれたっ」

小さな拳《こぶし》が、縋るようにぎゅっと上着を握り込む。

「迎えにきてくれて……ちゃんと話も聞いてくれたっ！　ほんとは、おれもおじさんと仲良くなりたいって思ったんだ、バスケのこと聞いてくれたのも、ヨットに連れてってくれる約束も、ほんとは嬉しかったんだ。すごく嬉しかったんだ！　嫌いなんて云ってごめんなさいっ……お願いだから行かないで！　行っちゃやだ！」

上着を摑んで震える拳を、大きな手で上から包んだ。

「行かないよ」

「行かなっ……え？」

ぽかんとした顔が貴之を見上げる。

「今夜は六時には仕事が終わる。夕食は家で一緒に摂ろう」

大きな目がパチパチと瞬きした。

「……アメリカは……？」

「いいや。仕事で人を見送りに来ただけだ」

「で、でもっ」

慌てて中川を見上げる。優しい頬笑みを浮かべて自分を見つめている秘書と貴之の間を、柾は何度も何度も視線を往復させた。

「……ほん、とに……？」

「ああ。本当だ」

「だって……おじさん、おれのせいでアメリカに行っちゃうって……だからおれっ……」

「大丈夫だ。君を置いてどこへも行ったりはしない。約束する。二度と、君を一人にはしない」

それでもまだ事態が呑み込めないふうに、柾は呆然と貴之の顔を見ている。

「ほんと……？」

「本当だ。ただし、ひとつだけ約束してほしいことがある。この先、わたしたちがずっと一緒に暮らしていくために必要なことだ。守れるか？」

柾の顔がにわかに緊張を帯びる。

不安げに揺れる瞳を覗き込んで、貴之は微笑した。

「おじさんと呼ぶのは勘弁してくれ。貴之でいい。これからは男同士、遠慮はなしにしよう。いいね——柾」

「…………っ…………」

大きな目に、透明なものが盛り上がった。ぐっと奥歯を噛みしめて、果敢に嗚咽をこらえようとする少年の頬を、貴之は両手でそっと包んだ。

「……我慢しなくていい」

「な……泣いてない」

「いいんだよ」

「泣いてない……っ！」

小さな拳で貴之の肩をどん、と叩く。

頭を抱え寄せ、なだめるように背中を叩いた。せわしい息。シャツの胸がじわっと熱く濡れる。

「ああ。そうだな。泣いてない」

「………っ」

柾は貴之の胸にぎゅっとしがみついて、とうとう声をあげて泣き出した。

そのとき、胸を突き上げた名状しがたい熱情。同情より、慈愛より、もっと強い……それは、愛《いと》しさ……だったろうか。

背中を抱く手に力を込めた。悲しみも、涙も、覆ってしまいたかった。なにもかもすべて
……この腕の中に。

(わたしが守る)

なにがあろうと、放すまい、この手を。

(守ってみせる――)

四回めの半ばで、柾は完全にブラック・アウトしてしまった。

何度揺さぶっても脅してもすかしても、とうとう最後まで、「バイトをしない」の誓いには、一度も首を縦にしなかった。子供の頃からちっとも変わらぬ強情さに、呆《あき》れるやら、感心するやらだ。

（さすがに、少し虐《いじ》めすぎたか……）

頬に光る涙の跡。気を失ったときの恍惚《こうこつ》の表情そのままの寝顔を見つめていると、ついまた新たな欲望が兆してきそうだ。自分の底なしの欲望に苦笑する。思春期の頃さえこれほどではなかったはずだ。

ぐったりと眠る柾の体を丁寧にリネンにくるんで、二階の寝室へ運んだ。

（アルバイトか……）

もうそんなことを云い出す歳になったのか。感慨深かった。まだまだ子供だと思っていたのに。

正体をなくした体をそっとベッドに下ろすと、ころりと寝返りを打って、足を縮める。うつ伏せに枕を抱いて、どんな夢を見ているのか幸せそうなその寝顔に、見ているほうまで口もとが綻《ほころ》ぶ。

（大きくなった……）

高校一年。夏には十六歳になる。心も体も日に日に大人びてくる。子供の成長は怖いくらい速い。いつまでも小さな子供のままではいてくれない。

成長が楽しみである一方で、いつまでも小さな子供のままで……掌《たなごころ》に大切にしまっておきたいと思うのもまた、我儘《わがまま》な、偽らざる本音でもあった。

……埒《らち》もない。我ながら持て余す、この独占欲。

「ん……たかゆき……」

かわいらしい寝言に貴之は微笑んで、おやすみのキスの行く先を唇に変えた。寝乱れた柔らかい髪をそっと梳《す》く。

この穏やかな眠りを、笑顔を、何人にも侵させはしない。

あのとき、しかと心に決めた。同情でも慈愛でも、恋ですらない、熱い決意で。

（柾……）

愛しい名を、そっと呟いて、白い額にくちづけした。花嫁への常世《とこよ》の誓いのように……。

「まあまあまあ！　いつまで寝てらっしゃるんです、このいいお天気に！　柾ぼっちゃまはとっくに起きてお出かけになりましたよ」

サーッとカーテンがまくられて、強烈な朝の陽差しが顔を照らした。ベッドリネンを剝《は》ぎ取ろうとする三代を、羽布団から手だけ出して追い払う。

「昨夜遅かったんだ……。もう少し寝かせてく………出かけた⁉」

飛び起きて窓に走り寄る。桜の樹の陰、自転車を押して、いままさに門から出ていこうとする柾の姿があった。

「柾ッ！」

窓を開けながら叫ぶと、立ち止まり振り向いて——盛大に、あかんべをした。

風と一緒に桜の花びらがさーっと吹き込み、口の中に舞い込んでくる。

「うっ……」

「行ってきまぁーすっ！」

「待ちなさい、柾！　許さんと云っただろう！」

「まあなんです、大声をお出しになって。ご近所に何事かと思われますよ」

「三代！　どうして止めなかったんだ」

ピロケースを剝がしながら、三代は首を竦《すく》めた。

「お止めしたってむだでございますよ。あの頑固さは横浜の御前譲りですからね。こうと決めたら梃子《てこ》でも動きやしません。さあさ、早くお顔洗って、お食事をすませてしまってくださいまし」

「食事などしてる場合か！　待ちなさい、柾ッ！」

「まあまあ……どっちが子供かわかりゃしない」

ベッドリネンとピロケースをまとめて洗濯籠《かご》に突っ込み、三代は呆れたように首を振りふり寝室を出ていく。樹木の陰、もう見えなくなった後ろ姿に、窓から身を乗り出して貴之は怒鳴る。

「だめだと云ったらだめだ！　わたしは許さんぞ！　戻ってきなさい！　柾ッ！」

桜の花びらが舞う空いっぱいに響きわたる怒鳴り声――こののち数年にわたる攻防戦の、それは、はじまりの日であった。

あとがき

『「男の子」が書きたかったのです。好奇心旺盛で無鉄砲でガムシャラで、お金はないけど胸は夢と希望で膨らんでいる。』（ノベルズ版あとがきより）

新装版「TOKYOジャンク」第一巻をお届けいたします。

初出は九十五年の雑誌掲載。今からおよそ十六年も前の作品になります。改めて読み返してみるとストーリーもキャラクター造形も稚拙で未熟で、あまりの恥ずかしさに大汗をかきました。

このままお蔵入りさせたほうがいいんじゃないか……と何度も気弱になりつつも、未だにこんな古い作品を支持して下さる読者の方々、そして編集部のFさんにどうにか背中を押していただき、えいやっと清水の舞台から飛び降りる気持ちで、ルチル文庫さんから新装版の運びとなりました。

新しい読者の皆様、そして古くからの読者の皆様。新装版TOKYOジャンクを手に取って下さり、本当にありがとうございます。

ノベルズ版のあとがきにも書いたように、主人公の岡本柾は、私が初めて書いた「男の子」です。

それまで社会人ばかり書いていたので、高校生の主人公は新鮮で、とても楽しく執筆したことを覚えています。といっても高校生活はほとんど出てきませんから、「学園モノ」のカテゴリからは外れていますね。


今回、新装版再編に当ってかなり手を加えましたが、時代背景や風俗は当時のままにしてあります。

時は一九九〇年代半ば。バブル経済が弾けて数年、まだ携帯電話はとても高価で、高校生はポケベル全盛。若い読者の中には「ポケベルって？」という方もいらっしゃるかもしれません。もちろんインターネットはまだまだ未発達。携帯メールなんてありません。

中高生の売春、薬物乱用、猟奇的な殺人事件などがこれほどの社会問題になる以前の、わりあいまったりした時代でもありました。シリーズ作中では薬物や殺人、ストーカーなどの事件をたびたび扱っていますが、とても胸が痛む事件が増えている昨今、もしいま高校生を書くとしたら、おそらく同じ題材は選ばないだろうと思っています。

当時、編集部から「雑誌で、前後編で」というお話を頂いたときは、まさかこんなに長いシリーズに成長するとは思ってもいませんでした。

こんなに長く続けることができたのは、読者の皆様の支持、そして如月弘鷹先生のイラストが大きな力を貸してくださったおかげです。

初めてキャラクターラフを頂いたときのドキドキ、編集部から転送されてくる挿絵をファックスの前で待っているときのワクワクを、今でもよく思い出します。

素晴らしいイラストのすべてに思い出がたくさん詰まっています。如月先生、長い間、本当にありがとうございました。


さて。昔からの読者の方々が一番気になっているのは、「いつか書きます」とお約束した柾と貴之の「お初」かもしれません。

実は新装版の機会に「お初」を書き下ろすことを考えていました。しかし、十六年の年月を経て、社会状況や作者である私自身の考え方の変化などもあり、編集部と協議を重ねた結果、残念ながら最初に考えていた形での発表は難しいという判断に至りました。

差し障りのない形に変更して書くことも検討しましたが、そうすることで長年のつき合いであるキャラクターや世界観をねじ曲げてしまうことは、どうしてもできませんでした。

長い間楽しみに待って下さった皆様の期待に応えられず、心から申し訳なく思っています。

いずれなにかの形でお目にかけることはできないか、編集部とともに模索していますので、気を長くして、これからも温かく見守っていただけると幸いです。

新装版ジャンクは、スピンオフを含めて全十巻に再構成してお届けする予定です。商業誌未発表作、ｗｅｂ掲載の小ネタなども盛りだくさん。どこかに書き下ろしも入れられるといいな、と考えています。

巻を重ねるごとに、主人公たちや、彼を取り巻く周囲も少しずつ変化していきます。柾の成長を最後まで見守っていただけると嬉しいです。

また、本シリーズでは、攻である貴之がほとんど事件の本筋に絡んでこないなど、現在のＢＬでは掟破りともいえるようなストーリーが展開されています。初見の読者の方がそのあたりをどのように感じられるか、ちょっぴりドキドキ、ちょっぴり楽しみです。

最後になりましたが、シリーズ執筆にあたりお世話になった各社担当様、本書の制作出版に携わってくださったすべての皆様、そして柾と貴之、草薙たちを長年愛して下さっている読者の方々に、心から御礼申し上げます。

あとがきの後から、同人誌で書いていた短編を二本収録しています。

本編と違って主人公二人がいちゃいちゃしているだけの掌編ですので、どうぞ肩の力を抜いてお楽しみ下さい。
次巻もお手にとって頂けますように。それではまた。

二〇一一年　玄冬　ひちわゆか

僕は宿題ができない

「そういえば、柾様《まさき》は、明日から新学期がはじまりますね。夏休みの宿題が終わらないとこぼしてらっしゃいましたが、いかがです？　もう片付きましたか」

八月三十一日の昼過ぎだ。帰宅の車中、ハンドルを握る中川《なかがわ》が云《い》った。

四方堂《しほうどう》重工の代表取締役でありながら、貴之《たかゆき》は、公用以外では運転手つきのリムジンを使わない。車の運転は、もっぱら秘書の中川の役目である。

「いや。今朝《けさ》も数学の問題集が終わらないと云って大騒ぎしていた。あの様子では、今日中には片付かんだろうな」

地味に仕立てたメルセデスの後部座席、革のシートにゆったりと腰を沈めた四方堂貴之は、膝《ひざ》に置いた書類から顔を上げた。

車窓の外には、雲ひとつない青い空が広がり、アスファルトには陽炎《かげろう》が立っている。今日もうだるような暑さだ。

「手伝って差し上げないんですか？　数学は若の得意科目でしたでしょう。明日の始業式に宿題を提出できないと、一ヶ月毎日居残りで草むしりをさせられるそうですよ」

「だれが手伝うものか。毎日アルバイトばかりしているからツケが回ってくるんだ。居残りでも罰掃除でもなんでもやって、少し懲りたほうがいい」

「ははは。まあまあ、よろしいじゃありませんか。わたしはむしろアルバイトには賛成ですよ。学業をおろそかにしているわけではありませんし、若の反対にも負けずにご自分の意志を貫いてらっしゃるところなど、なかなか頼もしいじゃないですか。褒めてさしあげたいくらいですよ」

「おまえは柾に甘すぎる」

「おや、若がそれをおっしゃいますか」

「わたしが甘いというのか」

「甘い甘い。大甘ですな。本当に辞めさせたいのでしたら、とうに実力行使に出ているはずですよ。目的のためには手段を選ばない……四方堂貴之とはそういう男じゃありませんでしたか？」

「褒め言葉だと思っておくよ」

貴之はノーブルな美貌《びぼう》に苦笑を上らせた。

「それにしても、あの強情さは誰に似たんだろうな。こうと決めたら、梃子《てこ》でも動かない」

「四方堂は代々、頑固者揃《ぞろ》いですからね。ますます頼もしいことです」

中川は笑った。

「まあ、あまり目くじらを立てずに見守って差し上げることです。あのくらいの年頃というのは、反対されればされるほどムキになってしまうものですよ」

「だからといって奨励するわけにもいかんだろう。校則違反でもあることだし」

じき家に着いた。家政婦の三代《みよ》が、涼しげに水打ちされた車寄せで、貴之を迎えた。

「お帰りなさいませ。お疲れさまでございました」

「ただいま。柾は？　またアルバイトか？」

脱いだ上着を渡し、ネクタイを緩める。家の中はかなり冷房が効いていた。

「いいえ、今日は夏休みの課題を片付けるとかで、お二階で頑張ってらっしゃいますよ。いま冷たいものでもお持ちしようと思っていたんです」

「ああ、わたしが持っていこう」

三代は、二人分のアイスティーを淹《い》れると、買い物に出かけていった。

横浜にある本宅では、出入りの百貨店の外商に台所用洗剤から食料品まで電話一本で届けさせているが、こちらに来てからは、三代が自分であちこち買い物に出向くようになっていた。週に二回だけ手伝いに来る若い家政婦の運転で、郊外のディスカウントストアや魚河岸《うおがし》まで行くこともあるらしい。

「柾？　入るよ？」

部屋には柾の姿はなく、バルコニーに通じるガラス戸が開け放たれていた。

バーベキュー炉やテーブルがある、かなり広いバルコニー。覗《のぞ》いてみると、プランターのひまわりがぐるっと囲む中にデッキチェアを置いて、柾が長々と寝そべっていた。

肌もあらわなハーフパンツ姿。顔の上に、陽《ひ》よけのつもりか、夏休みの宿題とおぼしき数字のテキストを広げ、すやすや寝息を立てている。なめらかな胸板に、すんなりした脚に、強い陽差しがじりじりと照りつけていた。

「ただいま、柾」

ひょいとテキストを持ち上げる。が、柾は鼻の頭に汗をかいてぐっすりと眠り込んでいた。鼻をツンとつついてもピクリともしない。あまりの無防備さに、思わず苦笑を漏らした。

この夏、柾は十六になった。

小麦色に陽焼けした、顎《あご》の小さなほっそりした顔は、貴之の片手でたやすく包み込めてしまう。艶《つや》やかな黒髪。目もとは凛々《りり》しく、口もとはあどけない……十二歳《とし》の離れた、愛《いと》しい恋人。

血の繫《つな》がらない甥《おい》でもあるこの少年との出会いは、三年前の春だった。恋に落ちたのはいつだったか？　募る想いを押さえきれず、ほとんど無理やり手籠《てご》めにした——苦い思い出だ。半年は口もきいてもらえなかったが、その後、紆余曲折《うよきょくせつ》を経て、いまは幸せな恋人同士。人には云えない幸福な日々。毎日が蜜月。

……のはずが、しかし最近は、高校進学と同時にはじめたアルバイトを巡って、対立することもしばしばだった。

「学生の本分は勉強。まして四方堂家の跡取りともあろうものが、時給七百四十円のレンタルビデオ店でアルバイトなど言語道断」と反対する貴之に対し、柾は「自分で働いて金を稼ぐののどこが悪い」と譲らない。

いまのところ、学年三十番以内の成績維持を条件に、貴之が一歩譲った形になっている。

（まったく……。一度言い出したら聞かないからな）

そんな強情さがまた愛《いとお》しくもあるのだが。

（中川を笑えないな。我ながら、本当に……）

ただいまのキスをしようと長身を屈《かが》めると、グラスの尻《しり》から水滴が垂《た》れて、眠っている柾の頬にポタリと落ちてしまった。

「んっ……」

柾はパチッと目を開けた。

「すまん、冷たかったか？」

「ん……」

眠そうな目が、ぼんやりと貴之の姿を捕らえる。

貴之は柾の頬《ほお》に、音をたててキスした。

「ただいま。こんなところで寝ていると日射病になるぞ？」

「うん……」

ついでに唇にもそっと触れると、柾は、赤ん坊のような幼い仕草でちゅっと吸いついてきた。貴之も唇を吸い返す。汗のせいか、すこし塩辛いキスだ。

軽く開いた唇に舌を滑り込ませる。艶やかな黒髪を撫《な》でながら、濃厚なキス……のつもりが、なぜか一向に応《こた》えてこない……？

「……柾？」

「ん……」

柾は瞼《まぶた》を閉じていた。唇を離すと、安らかな寝息が漏れる。

「柾？……寝てるのか？」

「うん……」

寝返り。

「……寝ぼけてるのか？」

「ううん」

「………」

貴之は氷を一かけ摑《つか》むと、柾のハーフパンツのウエストをひょいとつまみ上げ、その中にツルリと滑らせた。

「ひゃ!?」

柾は飛び起きた。短パンの裾《すそ》から、氷がコロリと滑り落ちる。

「つっめてー。なにすんだよもーっ」

「狸《たぬき》寝入りなんかするからだ。お帰りなさいは？」

「お帰り。喉《のど》渇いた。それちょうだい」

「こんなところにいたら日射病になるよ。宿題なら中でやりなさい」

「カラダ焼いてたんだよ」

柾はうまそうに喉を鳴らしてアイスティを飲み干す。

「余裕だな。宿題は終わったのか？　明日提出できないと、居残りでグラウンドの草むしりなんだろう？」

「うん、へーき。悠一《ゆういち》に写させてもらう約束したから。これからあいつんち行って、泊まり込みでやるんだ」

「だめだ」

「え？」

「自分の力でやらなければ宿題の意味がないだろう。外泊は認めない。佐倉《さくら》くんには断りなさい」

「えーっ！」

「えーっじゃない。夏休みの宿題くらい、自力で片づけられなくてどうする」

「だーって」

「だってじゃない。わからないところは見てあげるから。いいね？」

柾は不満そうに口を尖《とが》らせる。

「……とか云って、貴之ほんとは、おれが居残りになればいいと思ってない？　毎日バイト遅刻してクビになればいいと思ってんだろ」

「……わたしがおまえの不幸を祈っているというのか」

強い陽差しで肌がちくちくする。ネクタイを緩めながら、貴之は深い溜息《ためいき》をついた。

「そうか。そんな狭量な男に見られていたとは思わなかったな。誰よりもおまえの幸福を願ってきた……おまえのためならば、命も惜しくないとさえ思っていたのにな。……そうか……」

「貴之……」

「その手があったか」

貴之は柾の右腕を背中に素早く捻《ひね》り上げた。どん、と背中をついて、デッキチェアに俯《うつぶ》せにする。

「なっ、なにすんだよッ」

「さて。どうしようか。縛りつけておくか、閉じ込めておくか……」

「冗談……」

「じゃない。……ふむ…そうだな。宿題をやる気力がなくなることというと……やはりあれかな」

「や……！」

脹《ふく》ら脛《はぎ》を膝で押さえ、身動きが取れないようにしておいて、ハーフパンツをずり落とす。柾はじたばた暴れまくるが、身長十八センチ、ウエイト二十キロの差は歴然だ。

「やだやだやだーっ！」

「今日の下着は白か。猥褻《わいせつ》だな」

「なに考えてんだよ！　外から見えちゃうよっ！」

「心配ない。見えないように作ってある」

手すりの遮光板は、一メートルの高さがある。その周りに並べたひまわりのプランターがブラインドの役割をしているし、広い庭に面しているので、道路から見える心配もない。

「三代さんが下にっ」

「買い物に出かけた。夕方まで帰ってこない」

「やだやだやだ〜っ！　宿題やるんだああ〜〜〜っ！」

「宿題なんかより、もっと楽しい勉強をしよう」

「エロジジイ！　脱がすな、バカあ〜っっ！」

くるくると下着を丸めて下ろす。剝《む》き卵のようにつるりとした尻。小麦色の肢体、尻だけ餅《もち》のように白いのが、妙に卑猥《ひわい》感がある。

「さて……それではまず、柾のお尻がどのくらい感度がいいか、テストしよう」

「なに考えてんだよ！　やめろよ！　やだあっ……ひっ！」

象牙《ぞうげ》色の双丘《そうきゅう》を、羞恥《しゅうち》心を煽《あお》るように、ことさらゆっくりと割り拡《ひろ》げる。固く閉じた蕾《つぼみ》の周りを円を描くように軽く撫でてやると、柾の唇からすすり泣くような声が漏れた。股間《こかん》もピクピクと反応している。

若い性だ。まして貴之が仕込んだ体。どんな小さな刺激にだって、耐えられるはずがない。なめらかな胸に手を這《は》わせ、乳首をそっと撫でる。左側の乳首が柾のウイークポイントだ。押し潰《つぶ》すようにして撫でてやると、たまらなそうに肩をよじる。

「う……」

蕾への愛撫《あいぶ》も忘れない。アイスティで濡《ぬ》らした指を、圧迫するようにゆっくりと差し込んでみる。熱く蠢《うごめ》く内壁。指を曲げて爪《つめ》でくすぐると、柾はイヤイヤするように髪を振り乱した。

「う……く……」

「締めつけてごらん」

「や……」

「やり方がわからないのか？　では教えてやろう。こうするんだ」

硬くしこった乳首を思いきりつねり上げる。

「ひぁッ」

　柾の体はビクンと飛び跳ね、同時に貴之の指をぎゅっと締めつけた。食いちぎられそうだ。

貴之は満足して微笑《ほほえ》む。

「そう。そうだよ。覚えたね？　わたしがここを締めなさいと云ったら、自分で乳首をつねるんだよ」

「やっ……やっ……」

　ぐりぐりと乳首をこね回す。柾は髪を振り乱して喘《あえ》いだ。肩が細かく震えている。

「乳首もアナルも感度は問題ないようだ。形もきれいだよ。ピンク色の蕾が、物欲しげにひくひくしている……」

「やだ……もうやだ、抜けよ、ばかぁ」

「嘘《うそ》をつけ。いやなものか。×××の先がぬちゃぬちゃになってるじゃないか」

「貴之がヘンなことするからだろっ」

「じゃあアナルは？　わたしの指をそんなに締めつけてるのはどうしてだ？　こんなにきゅーっと吸いついているのはどうしてかな？」

「あっ、ああっ、や、やだっ。そんなにしちゃやだぁっ」

「いやじゃないだろう。そんなに物欲しそうにお尻をもじもじさせて。本当はもっと太いものが欲しいんじゃないのか？　すごいもので、お尻の中をぐちゃぐちゃにかき回してほしいんだろう。ん？」

「あっ…ああっ！」

先端をひっかいた刹那《せつな》、生温かな液体が貴之の手を濡らした。

「……いっぱい出てしまったね」

「う……」

濡れた指を広げて、糸を引く精液を見せてやると、柾は肩を大きく喘がせながら、顔を真っ赤にしてすすり泣いた。

「いやだ。もうやだ」

「……いやか？」

涙を浮かべた目もとに、優しいキス。

「本当に嫌なら、もうやめるよ。……おまえの嫌がることはできないものな」

「………」

「嫌か？　うん？」

「……中……」

柾はしばらく黙っていたが、やがて、恥ずかしそうに、貴之の肩に小さな頭をこすりつけた。

「ん？」

「中に入ろう……ここじゃやだよ……」

「誰も見ていないよ。二人だけだ。それに、たまには明るいところで柾を見たい」

「電気つけてするじゃんか、いつも……」

「それとはちがう」

健康的な少年の肢体には、人工のライトより、夏の陽差しこそよく似合う。小麦色の肌が陽を弾《はじ》いて、まるで輝くようだ。

「お勉強を続けよう」

貴之は、ブロンズの少年を椅子《いす》に座らせて、立ち上がった。柾の両手を自分の股間に導き、ベルトを外させる。

「次は復習の時間だ。おしゃぶりをしてごらん。やり方はこの間教えてあげただろう？」

「あ……」

「うんとお口を開いて舐《な》めるんだよ。さあ……できるね？」

柾は、貴之を両手で支えると、おずおずと舌を出した。

ピンク色の舌で、ためらいがちに亀頭に触れる。唇でくるみ込み、ぎこちない仕草で愛撫をはじめる。

「手も使うんだ。……舌でもっと……そう……」

「ん…う…」

「よく舐めておきなさい。これから柾のお尻を、これでいっぱいかわいがってあげるんだからな」

柾は、目を閉じて、云われた通りに舌を差し出して貴之の分身を頬ばる。

羞《は》じらいの中に、どこか恍惚《こうこつ》を含んだ顔。テクニックは拙《つたな》いままでも、柾は、その表情だけで、充分《じゅうぶん》貴之を興奮させた。

「ん……んん……ん……」

「いいよ、とても……この間よりうまくなった……。柾は優秀な生徒だな」

ゆっくりと上下する黒髪に指を絡める。

喉の奥まで押し込んで射精してしまいたい欲求をこらえ、唇からゆっくりと引き抜く。垂れた唾液《だえき》をシャツの裾《すそ》で拭《ぬぐ》ってやった。

「おいで……」

貴之は椅子に掛けると、柾の体を、向かい合う形で膝の上にのせた。柾はこのポーズが一番感じるのだ。

浮かしぎみにした尻の狭間《はざま》に、硬く熱くなったものを挟ませて、ゆっくりとこすってやる。

入口がこすられるのがたまらないのだろう。柾は貴之のシャツをぎゅっと握りしめて目を閉じている。半勃《はんだ》ちのペニスの先端を親指でぐりぐり苛《いじ》めてやると、声をあげてしがみついてきた。

「……どうしてほしい？　おねだりしてごらん」

かわいい耳朶《みみたぶ》を噛《か》む。

柾は、せわしい喘ぎに混じって、小さな声で云った。

「……して……」

「なにを？」

「……入れ……て」

「なにを？」

「……貴之の……を……欲しい」

「わたしのが欲しいのか？　この穴を拡げて、わたしので、ぐちゃぐちゃにかき回してほしいんだな？　うん？」

柾は真っ赤になって貴之の肩を叩《たた》いた。

「なっ…なんでそんな恥ずかしいことばっか云うんだよぉっ」

「さあ……どうしてだと思う？」

貴之は苦笑して、すすり泣く柾の汗ばんだ額《ひたい》に唇をつけた。恥ずかしがり屋の恋人が、たまらなく愛しい。

「それはね、恥ずかしいことを云ったほうが、柾がうんと感じるからだよ」

「感じないよっ」

「感じるさ。いつだったか、電話で、恥ずかしくていやらしいことをいっぱい云ってやったら、ものすごく乱れてたじゃないか。忘れてしまったのか？」

両手で尻を割り拡げ、硬く起立したもので、蠢《うごめ》く入口をつつく。貴之の腹に当たっていたものが、どくんと脈打って膨らんだ。

「あっ……」

「柾は恥ずかしいことが大好きなんだよ。いまだって、ほら……わたしが欲しくて、こんなにひくひくしている」

「あっ、あっ、あっ……あーッ」

抉《えぐ》るように腰を突き入れる。唾液で濡れた肉棒がずぶずぶと沈んだ。柾は悲鳴をあげて背中をしならせる。

「飲み込んでく……」

「はッ……あッ、ああッ」

ぬめる壁がぴったりと締めつけてくる。腰を支え、柾が自分でも腰を動かすように仕向けてやった。

シャツが汗で肌に貼りつく。柾の前髪からも汗が滴《したた》っていた。

「あ…あ…き……気持ち……いい……っ」

「締めつけてごらん……もっとよくなる」

「あ…あ…」

「締めつけるときはどうするんだった？」

「あ……」

柾は、貴之の首にしがみついていた手を、自分の胸に持っていった。

左の突起をおずおずとつまむ。しばらくそのままためらっていたが、爪でぎゅっとつねり上げた。後ろがぎゅっと収縮して、貴之を締めつけた。

「ひあッ……」

「いい子だ。ご褒美だよ」

右の突起を嚙んでやると、柾はあられもない声をあげて髪を振り乱した。締めつけがさらにきつくなって、貴之を悦《よろこ》ばせる。

「あっ、あっ」

「かわいいよ……柾」

貴之は、せわしく喘ぐ柾の唇を吸った。ピンク色に上気した頰。焦点を失った目が、涙でうっすらと濡れている。

「熱…い……貴之ぃ……熱いよぉっ……」

「わたしもだ。とろけそうだよ」

汗の流れる背中を抱きしめ、赤くしこった乳首を嚙みながら、貴之も自分の快楽を貪《むさぼ》る。

柾の指が肩に食い込む。それぞれの絶頂が近い。

「ひ、あ…ああ……あついっ……ああ、も、だめ、あつい、貴之、貴之ッ！」

「あついぃ……！」


「あついよぉ。痛いよぉ。ヒリヒリするよおぉ～」

ソファの背もたれにしがみつき、半ベソをかいた柾が呻《うめ》く。

「そりゃあ痛いに決まっていますよ、こんなに焼いて。こんな陽差しの強い日に何時間も炎天下にいるからです。日焼けってものは、結局は火傷《やけど》の一種なんですからね。まったくもう」

真っ赤に焼けた柾の背中を、薄皮を剝いたアロエで撫でながら、三代は呆《あき》れたように云う。

「これじゃ、一晩腫《は》れは引きませんからね。今日は体を拭《ふ》くだけにして、お風呂は我慢なさいまし。本当にまあ。あんな暑いところで、何時間も勉強をする人がありますか。貴之ぼっちゃまも、お勉強お勉強と云いすぎますよ」

「ん？　うん……そうだな」

一人離れて新聞を読んでいた貴之は、矛先を向けられて、バツ悪く咳払《せきばら》いをした。

首の後ろが多少ヒリヒリするものの、着ていたワイシャツ一枚分、貴之は陽焼けを免れている。

「何事も、やりすぎは体に毒ですからね。ほどほどになさいませ」

「……以後気をつけよう」

バサバサと新聞をめくる。

「それで、そんなに頑張ったんですから、まさか宿題は終わったんでございましょう？　ようございましたこと。毎日居残りで草むしりじゃ、ますます陽焼けがひどくなってしまいますものねえ」

「………」

アイスノンを首の後ろにあてがって、柾は恨めしそうに貴之を睨みつけている。

さて、困った……どうご機嫌を取ったものか？

「佐倉！　佐倉さま！　佐倉悠一大明神ッ！　宿題写さしてくれーッ！」

わめきながら教室に飛び込んできたクラスメイトに、悠一はクールな目つきで右手を差し出した。

「一教科二千円」

「払わせていただきます！　数学と古典と化学ーっ」

「数学はおれも全部は終わってない。いまオカのを写してるとこだ。数学写したかったらあいつの許可取ってくれ」

「へー。オカって数学得意だったっけ？」

「おれも不思議なんだ。昨日の電話じゃ、まだ半分も終わってないって云ってたし、それにあいつ、こういう証明問題は大の苦手のはずなんだけど……」

柾の問題集をパラパラめくりながら、悠一は首を捻《ひね》る。

「あいつにしては、解答の途中式が妙にスマートなんだよな。それに、なんだか途中から微妙に筆跡が変わってるような……」

「どーだっていいからさっさと写して回してくれよ。提出期限三時までなんだぞ。おれ今度居残り食らったら部活停止になっちゃうんだよ。……で？　オカは？」

「保健室。陽焼けのしすぎで背中が痛いらしい。……あいついったい、昨日はどこでなにしてたんだ？」

こうして、柾の夏休みの宿題は、始業式当日、無事すべて提出された。

筆跡の違いを担当教諭に見抜かれることもなく、居残りもクビもまんまと免れた柾だが、まったく問題が残らなかったわけではない。背中の陽焼けの完治に半月もかかってしまったのだ。

体育の時間、クラスメイトたちが面白がって柾の皮膚《ひふ》を剝いてしまい、そこから化膿《かのう》してしまったのだった。柾は完治まで、毎晩俯せで寝なければならなかった。

「もう二度と貴之の勉強にはつき合わないからなっ！」

「……逆恨みだ」

今でも柾の背中には、うっすらとハート型の痕《あと》が残っている。

SEXと雨とビデオテープ

「たまには映画でも観に行こうか」

貴之《たかゆき》がそんな提案をしたのは、なんの予定もない、退屈な雨の昼下がり。

ゴールデンウィークの連休を利用してトローリングに連れていってもらう予定だったのが、この大雨で中止になってしまい、すっかり腐っていた柾《まさき》だったから、もちろんこの提案に飛びついた。

休日の午後なんて面白いテレビもないし、こんなことならバイトに行けばよかったと思い始めていたところだったので。

「行く行く。貴之、なに観たい？」

「おまえの好きなものでいいよ。なにか観たいものは？」

「うーんと、スター・ウォーズいつからだっけ」

ソファから跳ね起きて、肘掛《ひじか》け椅子《いす》で新聞を広げていた貴之の両膝《りょうひざ》の間に、下からゴソゴソと潜り込む。

「スター・ウォーズ？　ずいぶん古い映画を観たいんだな」

「今度リニューアルバージョンをやるんだよ。デジタル処理で画像がめちゃくちゃ綺麗《きれい》になったんだって。……あー、まだやってないや」

「他になにか面白そうなものは？」

映画情報欄に目を凝らす柾の無防備なうなじに、ちゅっとキス。柾はくすぐったそうに首をよじる。今日は家政婦の三代にも暇をやってしまったので、こんな昼日中からいちゃいちゃし放題の二人である。

「うーん……新作はどれもイマイチだなー……あ、名画座でT2の完全版やってるよ」

「ティーツー？」

「ターミネーター2。おれまだ完全版観てないんだ」

「ではそれにしようか」

「んー……でもこれもうビデオになっちゃってるしなー。あ、それに貴之、1のほう観てないだろ？　1から観ないと面白くないよ」

「わたしはべつにかまわんが……」

両膝の間から逆さまに自分を見上げる柾の額に、貴之は愛《いとお》しげに目を細め、ちゅっとキスをした。

「それなら、外へ出るのはよして、ビデオを借りてこようか。オーディオルームもたまには使ってやらんとな。ピザかハンバーガーでも買ってきてビデオ鑑賞会…というのは？」

もちろん、柾に異存はない。

バイト先の大型レンタルビデオ店の駐車場は満車だったので、柾は店の前の路上で貴之に車を停めてもらい、激しい雨の中を走って店に飛び込んだ。

「グッターイミング！　岡本《おかもと》くう〜ん。助けてくれぇぇ〜っ」

雨のしずくを払いながら自動ドアをくぐっていくと、長い列のできたレジカウンターの中から、アルバイトの大学生西脇《にしわき》が、死にそうな声をあげて片手を振った。痩《や》せぎすな体つきのわりに声がでかいので、あたりの客が、何事かといっせいに柾を振り返る。

四台あるレジが二台しか開いておらず、常時三人入っているはずのカウンターでは西脇と、パートの主婦が接客に追われているのを見て、柾は目を丸くして駆け寄った。

「どーしたの西脇さん！　まさか今日二人だけ？」

「そーなんだよー。ほんとは昼から神田《かんだ》さんが入ってたんだけど、熱出して休まれちゃってさー、九時からずーっと小野《おの》さんと二人で回してんのよ。ったくもー、まいっちゃうよ、店長も来たと思ったらお客さんのトラブル処理で呼び出されてっちゃうし、九時から立ちっぱなしでまだ昼メシも食ってねーのよぉ。なな、悪いけど、岡本くん十分くらい店見ててくんない？　その間にパッとメシ食って、パッパッと返却ソフト並べちゃうからさ」

ビデオとソフトが山積みになって溢《あふ》れているレジ横の返却棚を親指で指す。客から返却されたソフトは、ある程度本数が溜《た》まってから店内の陳列棚に戻すことになっている。それまではここに一時的にキープしておくのだが、いつもジャンルごとにきちんと整理しているはずのソフトが、今日は話題の新作からアダルト系までごっちゃになっていた。

猫の手でも貸してやりたい気持ちはもちろんあるのだが、

「ごめん、おれ外に車待たせてるから、すぐ戻らないとマズイんだ」

すみません、と片手を立てて拝む柾に、

「なーんだマジぃ？　救世主だと思ったのになあ」

西脇はガックリとうなだれてみせた。

雨で行き場を失ったニューファミリーやカップルで店内は混み合っていて、話題の新作はほとんど貸し出し中だったが、ラッキーなことに、ターミネーター2は字幕版が一本だけ棚に並んでいた。柾はそれを持って、今度はレジ横の返却棚に引き返した。

思った通り、山積みソフトの中から目当ての一本が見つかり、無事二本ゲットして、長蛇の列の最後尾に並んで待つことしばし。ようやくレジにたどり着く。二台のレジのうち、柾は西脇のほうに当たった。

「へい、らっしゃーい。会員カードよろしくね。サービス券はお持ちですか？」

「はい。西脇さん、今日何時まで？」

「五時。けどこのぶんじゃとーぶん上がれそーにねえわ」

柾の出した従業員無料券に鋏《はさみ》を入れながら、西脇はトホホ、と首を振った。

「ごめんね、手伝えなくって」

「んーんー、いいっていいって。そういや岡本くん、春休みからずーっと休みなしだったもんな。はい、カードお返ししまーす。……な、車で待ってるのって、ひょっとしてコレ？」

小指を立てた西脇は、にわかに赤らんだ柾に、ニヤーッと笑った。彼は、柾の年上の恋人の存在を知っているのだ。——むろん、それが男で、血の繋がらぬ叔父《おじ》だなんてことまでは知らないけれど。

「いいねー、うらやましいねー。おれもいっぺんでいいから、年上のヒトに手取り足取り腰取り教育されてみてーもんだわあ」


オーディオルームは、屋敷の半地下にある、八畳ほどの部屋だ。

収納式の百インチスクリーンとプロジェクター、本格的なAVセット、壁にはスピーカーが埋め込まれている。他にもいろいろと仕掛けがあるらしい。

なんでも、この家を設計した建築士が映画マニアで、半ば趣味でこの部屋を作ったらしいのだが、あいにく貴之も柾もまるでこだわりがないタチなので、リビングのテレビでほとんど事足りてしまう。

「半年ぶりだね、ここ使うの」

「そうだな。本当はもっと使ってやったほうが機械のためにはいいんだが……。たまには友達を連れてきたらいい。佐倉《さくら》くんや、春休み一緒にレポートを書いていた……島田《しまだ》くんといったかな？」

「だめだめ、悠一《ゆういち》はともかく、島田なんか連れてきたら、AVの上映会になっちゃうよ」

コンビニで買い込んできた菓子やジュースを運び込むと、柾はポップコーンと小さめのクッションをひとつ抱えて、貴之の隣りに体をくっつけて座った。

「ぜーったい面白いよ。1もいいけど、2はもっといい。ぜったい泣いちゃうよ」

「わたしが？　それとも柾が？」

からかうように微笑いながら、貴之がリモコンで照明を落とす。すると、天井から、巨大なスクリーンがガーッと音をたてて二人の正面に降りてきた。自動的にプレイボタンが入る。

その次の瞬間、柾の頭は真っ白になった。

パンティ一枚の美少女が、突如、画面にバーンと映し出されたのだ。目のくりっとした、まだ十八、九の甘ったれた小犬のような童顔。垂れ下がるほど大きなバストを両手で隠している。

『アタシの名前はルミ。パパが借金を作って蒸発しちゃって、借金のカタにソープに売られちゃったの。毎日お仕事頑張ってまぁーす』

――と、なんの前ぶれもなくパッと画面が切り替わり、さっきの美少女が、青いマットの上に仰向《あおむ》けになった中年男の腹の上にまたがって、石鹸《せっけん》の泡だらけの巨大な乳房を男の胸にこすりつけていた。

『お…お客さまっ、あ、あんっ、い、いかがですかあっ？』

『うう〜ん。いいぞお。ルミちゃん、と〜っても気持ちいいぞお〜』

『アアン。ぬるぬるです。ルミのアソコ、もうぬるぬるですう』

細い眉《まゆ》をぎゅっとひそめた色っぽい顔がアップになった。白い喉《のど》をのけぞらせて喘《あえ》ぐ。

『アン！　いく！　いくうっ！』

『お客様より先にいっちゃダメだぞ！』

『で、でも、でもっ、ダメぇえ！　ア、アア、アーッ！』

感極まった声を残して、画面がプツッと消えた。貴之がストップボタンを押したのだ。

目を真ん丸に見開いて、蠟《ろう》のように固まってしまっていた柾は、ハッと我に返って叫んだ。

「おっ…おれじゃないよ！　おれこんなの借りてないっ！」

「だが、借覧人の欄は確かに岡本柾――となっているぞ」

ソファに戻った貴之は、テープの入っていた銀色のレンタル用ビデオパッケージを読み上げ、疑り深い眼差《まなざ》しで、掬《すく》い上げるようにチラリと柾を見上げた。表側の透明ポケットに、タイトル、貸し出し者名、貸し出し期限などが打ち出された紙が挟み込まれている。

「〝ソープより愛を込めて〟。……十八歳未満の少年にこういうものを貸し出すような店は、感心できんな」

柾は真っ赤になって否定した。

「違うってば！　店の人が間違えたんだよ！」

「いいんだよ」

貴之はレンタル用パッケージを柾の膝の上にポンと置いてよこし、

「おまえも思春期だ。こういうものに興味を持たないほうが、むしろ不健全かもしれないね」

などと、妙に保護者ぶったことを云《い》うのだ。

「だからおれじゃないって！　今日店めちゃくちゃ混んでるのにバイトが二人しかいなくってすっげぇ忙しくって、昼メシ食う暇もなくって、だからボーッとしててたぶん前の人が返したテープを間違って……」

「まあ、そうムキになるな」

貴之は肘掛《いじか》けに頬杖《ほおづえ》をついたポーズで、くすっと美しい唇を震わせた。

「もっと虐めたくなってしまう」

からかわれた、と気づいて、柾はますます真っ赤になった。

「……貴之はっ！」

「悪かった。だが、ああいうものに興味がないとは云わないだろう？」

「ないよっ……アッ」

膝の内側にするりと滑り込んできた大きな手に、柾はビクッと体を硬直させた。

長い人差し指で、つうーッと太腿《ふともも》の内側を撫で上げられると、電流が走るみたいに体がビリビリ痺《しび》れてしまう。

「本当に？　いまのビデオで感じてしまったんじゃないのか？」

「ちっ…ちがうよ」

「では、この膨らみはなんだ？」

「ンッ」

布地越しに股間をやんわり揉《も》み込まれ、柾は貴之の両手を摑んで激しくイヤイヤをした。

「もう硬くなっているじゃないか。あんなビデオで感じてしまった悪い子は、お仕置きをしなきゃならんな」

「やだ……！」

ゾクゾクッと背中を震わせる。お仕置き…という言葉に、どうしてか最近、恥ずかしいほど過敏に反応してしまうのだ。

貴之は体をずらして柾を背中から抱くと、空いてた片手で左胸の突起を強くつまんだ。そして、唇は耳の後ろから首筋へと、羽のようなタッチで愛撫を重ねる。

抵抗していた柾も、やがてジーンズのボタンがすべて外され、ずり下ろされて、温かい手の平にじかに握られてしまうと、もはや喘ぐことしかできなくなってしまう。

前も後ろもベタベタになってるのが、自分でもわかる。貴之の逞《たくま》しい楔《くさび》でこすり上げられたアナルが、ひくひくと収縮している。たまらずに、催促するようにもじもじと腰を揺らめかせてしまう。

だが、貴之はそれを無視して、テーブルの上のリモコンに手を伸ばした。

次の瞬間、柾は危うく悲鳴をあげかけた。百インチの大スクリーンに、突如、あられもない自分の姿が映し出されたのだ。

「やっ……やだ！　なんだよこれっ！　貴之ッ！　消せよッ！」

暴れる体を圧倒的な力で抑え込む。細い頤《おとがい》をつかんで正面を向かせ、

「カメラはあそこだ。脚を広げて、自分で太腿を抱えてごらん」

「い…いやだ！　こんなのやだッ」

「するんだ。太腿を抱えて、わたしに柾の恥ずかしいところを見せなさい。さあ」

「やだあ…っ！」

眉をきつく寄せ、哀願を滲《にじ》ませた瞳《ひとみ》でかむりを振る柾の頤を、強く締め上げ、貴之は甘い

美声で云い聞かせる。

「そんな顔をしても、虐めたくなるだけと云ったはずだぞ」

「ううっ」

シャツの上から感じやすい乳首をクリクリといたぶられ、細い、糸をよじったような快感に、声をあげまいとして、柾はぎゅうっと唇を嚙《か》みしめる。

だが、その肉体を知りつくした男の手管にいたぶられ、意地も長くは続かない。やがて柾はきつく目をつむり、汗ばんだ太腿を両手で抱え、貴之の淫蕩《いんとう》な視線に曝《さら》されながら、おずおずと両脚を開いていくのだった。

くちゅ……とアソコが開く音がする。薄目を開けた柾は、スクリーンの中で、自分の背中越しに満足そうにじっとそれを見つめている美しい男の視線にぶつかって、いやいやと頭を振った。こんな屈辱は耐えがたかった。しかし、その恥ずかしさがより強い陶酔をもたらすのもまた、事実なのだ。

目頭に滲む涙を見て、貴之はようやく許しを出す。

「よしよし。よくできたな。いい子だ……ご褒美をやろう」

「ひ――あァっ！」

アナルを穿《うが》たれる、気の遠くなるような羞恥《しゅうち》と陶酔に喘ぐ柾の顔が、スクリーンに大きく映し出される。

「んっ、んんっ、た…貴之、貴之っ」

男が突き上げるリズムに合わせ、ソファが激しく軋《きし》む。打ち寄せる波のような熱いうねりにめくるめく絶頂へと押し上げられ、柾は、せぐり上げるような甘い声を放ちながら、貴之の胸の中で崩《くず》れ落ちた。白濁の果液が顔にまで飛び散っていた。

放心状態ですすり泣いている柾の顔の汚れを舐《な》め取ってやりながら、貴之が片手でリモコンを操作する。柾の痴態を映していた大画面が、泡踊りをするAV嬢の姿にパッと切り替わり、喘ぎ声が溢《あふ》れた。

呼吸を乱したまま、柾が胡乱《うろん》げに見上げると、

「しっかり目を開けて、彼女のしていることをよく観ておくんだ」

貴之は、まだ恐ろしいほどの硬直を保ったまま柾を苦しめているものでぐちゅぐちゅと蕾《つぼみ》をかき回しながら、目の前の、淡い桜色に染まった耳殻《じかく》に歯を立てて、淫《みだ》らに囁《ささや》いた。

「せっかく借りてきたものを無駄にすることもあるまい。たっぷり利用させてもらうことにしよう……おまえの教材としてな」


——さて、見事な好天となった翌朝だったが、二人はやはり、トローリングに出かけるこ

とはできなかった。

「はーっくしゅっ、はくしゅんっ」

ベッドの中、大きなくしゃみを連発する柾に、

「七度三分。微熱でございますね」

体温計を見て、三代はホッとしたようにそう云った。

「お薬を飲んで、暖かくして一日寝てたら治ってしまいますよ。お粥《かゆ》を炊いて持ってきましょうね」

「ん……。……貴之は？」

「さっき銀座まで、柾ぼっちゃまのお好きなアイスクリームを買いに行かれましたよ。それにしても残念ですことねえ、せっかく雨が上がったっていうのに、お風邪なんて……。昨日は一日中おうちにいらしたんでしょう？」

「……貴之に云ってよ」

枕を熱っぽい息で濡らしながら、もう二度と、ソープランドごっこにはつき合わないぞと、固く心に誓う柾であった。

その日一日、貴之がかいがいしく柾の世話を焼いたことはここに書くまでもない。

ただ、柾の代わりにビデオの返却に行った貴之に、誤ったタイトルを貸し出してしまったことを平身低頭で謝罪しつつ、西脇がどうにも怪訝《けげん》そうに首を捻《ひね》っていたことだけは、書き

添えておこう。

「たしか、カノジョと観るって云ってなかったっけ……？」

世はなべて事もなし。

✦初出　TOKYOジャンク…………………1995年小説b-Boy8・9月号
※単行本収録にあたり大幅に加筆・修正しました。
春にして君を離れ…………………ビーボーイノベルズ（1996年3月刊）
※単行本収録にあたり大幅に加筆・修正しました。
僕は宿題ができない……………同人誌収録作品
SEXと雨とビデオテープ　……同人誌収録作品

ひちわゆか先生、如月弘鷹先生へのお便り、本作品に関するご意見、ご感想などは
〒151-0051 東京都渋谷区千駄ヶ谷 4-9-7
幻冬舎コミックス　ルチル文庫「TOKYOジャンク」係まで。

幻冬舎ルチル文庫
TOKYOジャンク

2011年1月20日　　第1刷発行

✦著者	ひちわゆか
✦発行人	伊藤嘉彦
✦発行元	株式会社 幻冬舎コミックス 〒151-0051 東京都渋谷区千駄ヶ谷 4-9-7 電話 03(5411)6432［編集］
✦発売元	株式会社 幻冬舎 〒151-0051 東京都渋谷区千駄ヶ谷 4-9-7 電話 03(5411)6222［営業］ 振替 00120-8-767643
✦印刷・製本所	中央精版印刷株式会社

✦検印廃止

ISBN978-4-344-82136-1　C0193　Printed in Japan